蝶になるとき

ダイアナ・ハミルトン 作

ハーレクイン・プレゼンツ 作家シリーズ 別冊

東京・ロンドン・トロント・パリ・ニューヨーク・アムステルダム
ハンブルク・ストックホルム・ミラノ・シドニー・マドリッド・ワルシャワ
ブダペスト・リオデジャネイロ・ルクセンブルク・フリブール・ムンバイ

THE ITALIAN MILLIONAIRE'S VIRGIN WIFE

by Diana Hamilton

Published by Harlequin Japan, a Division of K.K. HarperCollins Japan, 2020

ダイアナ・ハミルトン

イギリスの作家。ロマンチストで、一目で恋に落ち結ばれた夫との間に 3 人の子供をもうけた。就寝前の子供たちにベッドで読み聞かせるために物語を書きはじめる。ロマンス小説家としてのデビューは 1987 年で、その後数多くの名作を世に送る。2009 年 5 月、ファンや作家仲間に惜しまれつつ亡くなった。

1

アンドレア・パスカーリは、最後の書類に電光のような速さで目を走らせると、いらだたしげに脇に放りだした。有能な家政婦だったノックスが辞め、未亡人になった妹と住むからとケント州に引っこんでしまったことがつくづく恨めしい。

「詳細が書かれていない」彼は官能的な口元をゆがめると、現在の恋人にうんざりした視線を投げた。

もっとも〝現在の〟という言葉はすでに過去になりかけている。トリーシャは最近要求が激しく、ますますアンドレアに依存するようになり、明らかに最初に彼が定めたルールを侵害しはじめていた。

ゆうべもそうだ。アンドレアは帰宅途中、どこにでもあるような冷凍食品を、いかにパスカーリ広告代理店らしい広告で宣伝するか頭を悩ませていた。家に着くと、トリーシャが勝手に入りこんでいて、少しも食欲をそそらないテイクアウトの中華料理をオーブンの中で干からびさせていた。

かつては、逆毛を立ててふくらませた髪やすねたように唇を尖らせる様子を、セクシーでかわいいと思った。今では飽き飽きだ。トリーシャはその上、真面目くさって言った。「ダーリン、あなたには奥さんが必要だわ。そうすれば家政婦の面接なんかで貴重な時間を無駄にしなくてもいいのに」

アンドレアは表情を硬くした。限界だ。僕に結婚する気など毛頭ないのは、トリーシャにもわかっているはずだ。僕に必要なのは彼女とは違ってでしゃばらない、有能な家政婦だ。妻なんかじゃない！

「最後の二人は合格点だな」鋭い口調で彼は言った。「最初の女性はひどかったが」履歴書には五十歳とあったが、どう見ても八十歳は超えていそうだった。彼はトリーシャにお茶をいれさせ、女性をタクシーに押しこんでもらい、丁重にお引き取り願った。女性は運転手に老人ホームの住所を告げ、なぜか熱狂的に手を振って去っていった。「あの二人のどこに問題があるんだ」エネルギーを持て余したように彼は立ちあがり、自宅の書斎の中をうろうろと歩きまわった。「履歴も、推薦者もちゃんとしているじゃないか」噛みつくように言う。

「ダーリン」トリーシャはへつらうような微笑を浮かべた。「そんなに怒らないで。私はよかれと思ってアドバイスしているだけなんだから。あの二人はたぶん長続きしないわ。それなりにかわいいし、頭もよさそうだから、じきに相手を見つけて結婚してしまうわ。だから雇うなら、中年の女性にするべきよ。ねえ、この最後の志望者と会ってみたら？　詳細が書かれていないのは、事前に履歴書が送られてきたわけではないからなの。面接してほしいと、昨日の午後電話があったのよ」

その電話の口調はぶっきらぼうだった。アンドレアは愛嬌がない女は嫌いだわ。彼女になら、魅力を感じないに違いない。でもさっきの二人は……。

トリーシャは、先ほど実際に現れた最後の志願者マーシー・ハワードをアンドレアの家に招きいれた時点で、この女性ならば安心だという結論に達していた。二十二歳という年齢は不満だけど、お世辞にもきれいとは言えず、体型もずんぐりしている。彼女なら大丈夫、私とでは比較にならないわ。自分の立場が怪しくなっている今、競争相手になりそうな女性を彼の身近に置くことは絶対に避けたかった。アンドレアはつきあいはじめたときから結婚には興味がないと公言していたが、トリーシャはもちろん、最初から余計な口を挟んでチャンスを逃すようなばかな真似はしなかった。彼女の狙いはアンドレアの気持ちを徐々に変えることだった。彼と結婚すれば安楽な生活と、自由にできるうなるほどのお金が待ちうけているのだから。

骨格の整った、ラテン系のセクシーで浅黒い顔立ち、長身で引きしまった体、それに加えて途方もない財力。女性なら誰だって、アンドレア・パスカーリにひかれずにはいられない。マーシー・ハワードという女も例外ではないだろう。でもたとえ誘惑しても、あんな女に私のアンドレアが興味を示すはずがない。

「ねえ、せっかく来たのだから会ってあげたら」トリーシャは彼の漆黒の髪に指をからめて甘えるように言った。「会ってみないとわからないじゃないの。私たちの理想のお手伝いさんかもしれないわ」

アンドレアは乱暴に頭を上げて彼女の手から逃れると、黒々とした眉を寄せて、改めてデスクに向かって座った。〝私たち〟という表現は気に入らないし、それ以上にトリーシャの態度が気に食わなかった。トリーシャとはもう潮時だ。明日の朝、秘書にそれなりに高価な宝石を選ばせ、別れの言葉を添えてアパートメントに届けさせよう。これまでの女たちにしてきたように。

最後の志願者が年寄りでなく、頭がおかしくなかったら、もうその女性に決めてしまおう。これ以上時間を無駄にできない。僕には取りかからなくてはならない仕事が待っているのだから。

捜していた住所を見つけたマーシーは、どうしようもない不安に襲われた。そこはテムズ川沿いの流行の最先端をいく地域にある、かつての倉庫をしゃれた住宅に改造した邸宅だった。田舎娘にはふさわしくない職場だ。ロンドンでの生活に戸惑いを感じると打ち明けるたび、〝もっと世間を知らなきゃ〟とカーリーにはからかわれている。けれど、マーシーはもう二年もこの大都会に住んでいながら、いまだにめまぐるしい都会のペースになじめなかった。気持ちは今も、古風な価値観を持つ、田舎で育った牧師の娘のままだ。

気を取り直すと、マーシーはみすぼらしいバッグを握りしめて玄関に近づき、木製のドアの横にあるベルを鳴らした。インターホンから聞こえてきた声の主に名前と用件を告げる。

魔法のように音もなくドアが開いた。中に入ると三階まで吹き抜けになった広い玄関ホールと、見事な螺旋(らせん)階段が目の前にあった。それからブロンドの美人が現れた。豊かな体の線を強調するピンクのパンツと、ぴったりしたトップに身を包んでいる。彼女の前に立つと、マーシーは自分が小さな太ったねずみになった気分にさせられた。

美女は手にした書類を見やった。「ミス・ハワードかしら？」ボックス型の灰色のスーツに地味で無骨な靴を履き、不格好なバッグを持ったマーシーを値踏みするようにちらっと見て、白い歯を見せて笑った。「私はシニョール・パスカーリの……友人ですの」片方の眉を上げ、ハスキーな声で強調するように言い、意味ありげに微笑した。「すぐ面接するそうだから、座ってお待ちになって」

ガラスのテーブルの前に置かれた革とクロムの椅子は思いのほか座り心地がよかったが、マーシーは緊張しきってお守りにすがるように古びたバッグを抱えていた。マーシーの不安は今朝、雇主になるかもしれない人物の正体をカーリーが教えてくれたときから始まっていた。

〝ゆうべ遅くまでかかって、彼のことを調べたの。三十一歳の若さで伝説的な人物と言われている超有名人よ。パスカーリ広告代理店の社長で、独創的なアイディアを出す天才と言われているんですって。しかも大金持ち。自分も金持ちなのに、家族がまた大富豪らしいわ。もし採用されたら、あなたの職場は彼のロンドンの自宅になるでしょうけど、ほかにもイタリアのアマルフィに別荘(ヴィラ)、ローマにアパートメントを所有しているそうよ。しかも独身。つまり、家政婦の仕事といったってピカソやホックニーの絵のほこりを払うぐらいってことよ〟世界的に有名な化粧品会社のロゴの入った紺色の上着をはおりながら、カーリーはマーシーに投げキスを送った。上着の色が、うらやましいほどほっそりした彼女の顎の線とアッシュブロンドのボブヘアをいっそう引き立てている。〝急がないとまた遅刻だわ。幸運を祈るわ。あなたは笑顔がいいんだから、それを利用するのよ！〟

マーシーの目は睡眠不足で真っ赤だった。彼女の仕事は夜間にオフィスを掃除することだ。最近は斡旋所(あっせんじょ)からその仕事しかまわってこない。同僚は、マーシーがいつもきちんと丁寧に仕事をこなし、病気で休むことがないのを見こまれているのだ、という。だがそれでは、普段の睡眠時間は二時間ほどしか取れない。ゆうべは今日の面接が心配でたまらず、その短い睡眠さえ取れなかった。

新しい仕事の口を見つけたのは昨日の昼、検診のために行った歯医者の待合室で、上流階層向けの高級な月刊誌をぱらぱらめくっていたときのことだ。自分の守護天使が残業までして働き、幸運をもたらしてくれたようにマーシーには思えた。アンドレア・パスカーリが住みこみ家政婦に提示している給料は、彼女にとっては目が飛びでるような額だった。

もしかしたら食費もただかもしれない。住みこみでそれだけもらえたら、医大に通う弟ジェームズの学費をもっと援助できる。今でもマーシーは少ない給料を切りつめて弟に仕送りをしていた。

ジェームズは卒業後、さらに外科分野で上の学位を取ることも考えているようだ。弟はどうしようもなく金銭にうとく、きっと学校を出てから多額の学生ローンの借金を払うことになってしまうだろう。

この仕事を見つけたのは天の恵みのような気がして、マーシーは昨日すぐに電話をし、かなり強引に、ぜひ面接してほしいと頼んだのだった。その前日にカーリーが爆弾発言をしたばかりだったから、まさにすばらしいタイミングに思えた。

かつての同級生カーリーとは、二年間小さなフラットを共有している。そのカーリーが、恋人と住むために今週限りで共同生活を解消してフラットを出ていきたいと宣言したのだった。

もちろん、マーシーは結婚を前提に同棲を始める友人を祝福した。マーシーの母は二年前に死んだ。弟の学資を援助しなければならないのに、当時二十歳だったマーシーには決まった仕事もなかった。母の年金も打ちきられて途方に暮れていたとき、声をかけてくれたのがカーリーだった。


父親が亡くなったため、マーシーは十六歳で社会人になり、当時から弟のために教育費を援助してきた。一家は牧師館から、教区が管理する小さな家に移った。その家には母が生きている限り住めることになっていた。マーシーは村でできる仕事を見つけて働いてきた。

生活は厳しいが充実していた。彼女は働きながらケータリングと家政の勉強をして、ゆくゆくは独立してケータリングの仕事をしたいと思っていた。いつ実現するかわからない夢を抱きながら、掃除、庭仕事、老人や体の不自由な人のための買い物や犬の散歩など、与えられる仕事を楽しくこなした。

母が他界し、住む家を失って困っていたマーシーに、カーリーはロンドンで一緒に住もうと声をかけてくれた。〝小さいフラットだけど、なんとかなるわ。家賃を分担してくれたら私も助かるし。それにロンドンには仕事先もたくさんある。私も職探しを手伝うわ〟

こうしてマーシーは家と職を手に入れた。ロンドンの有名な医科大学に通うジェームズは、長い休みにはコーンウオールに住む父の妹の家に滞在させてもらえることになった。

そのとき、さっきの金髪美人が、革のショルダーバッグを肩にかけた、いかにも資格をたくさん持っていそうな背の高いブルネットの女性を伴って姿を現した。「一次審査の結果は明後日までにご連絡します」美人が女性に言うのを聞き、マーシーは気力が足の裏から地面に吸い取られていくような気分だった。ひどく場違いなところに来てしまった。

この自信ありげな女性が一次審査にも受からないとしたら、私が受かるはずがない。それから十分というものマーシーは、いっそこのまま帰ってしまおうかとよくよく考えつづけた。ルームメイトを募集する広告を出し、これまでのように乏しい給料を切りつめて暮らせばいいんだわ。ここまでの電車代を無駄にしたと思えばいいんだから。

廊下の端の部屋に入っていった例のブロンド美人が再び現れた。逃げだそうか、それともこのままとどまろうかと悩んでいるマーシーに手招きした。

心臓が喉から飛びでそうになりながら、マーシーは立ちあがった。父の葬儀に着たこのスーツではなく、もう少しましな服を着てくればよかった。

だがすぐに自分を慰めた。家政婦を雇う人は、きっと地味な服を着ているほうが好ましいと思うはずだわ。地味で実際的、それをめざさなきゃ。皿洗いや床磨きをする仕事に美しさはいらないもの。

ともかく、どんなにお金持ちで有名人か知らないけど、シニョール・パスカーリだって私と同じ人間だ。

しかし、書類が散らばった広いデスクの向こうに座っていた人物は、そんなマーシーの思いを覆すように、これまで見たこともないほどハンサムな男性だった。

引きしまった力強い顔が、抑えきれないいらだちにこわばっている。研ぎ澄まされたしなやかな体には野獣を連想させるオーラが宿っていた。ちょっとでも気に入らないことをする相手がいたら、飛びかかってずたずたに引きさいてしまいそうな感じがする。

濃い灰色の瞳で値踏みするようにじっと見つめられて、マーシーは隠れるところがあれば姿を隠したい気分だった。でも、この人が本当に天才肌のクリエイターなら、何をしてもくるくるとカールして広がってしまうあめ色の髪や、美しいとはとても言えない私の顔など見てはいないだろう。クリエイターは現実なんか見ないで、浮き世離れした別世界に住んでいるはずだ。

そんな幻想も、相手の視線がマーシーの不格好な靴に注がれたとたんに吹きとんでしまった。彼は片手で自分の横の椅子に座るよう、マーシーに合図をすると同時に〝友人〟の女性に振り向いた。「コーヒーが欲しいんだ、トリーシャ。すぐに」

アンドレアは、資格とか経験とか推薦者とか、うるさく干渉するトリーシャ抜きで面接を進めたかった。もう充分時間を無駄にしているのだから。

トリーシャがためらっているのを察知して、彼はまた言った。「それから……」目の前の履歴書を見て続ける。「ミス・ハワードにもコーヒーを」

かすかにアクセントのある、ベルベットを思わせる低い美声だ。その命令に、トリーシャはあわてて従った。マーシーは知らず知らずのうちに彼の形のいい口元に目を吸いよせられ、どうしていいかわからない当惑を覚えた。男性の唇を見て魅力的だと思ったことは一度だってなかったのに、なんだか妙な気分だ。

アンドレアは椅子にぐっと体をもたせかけ、もうすぐ過去の愛人になる相手を見送った。それから目を細めて面接の相手を観察した。これ以上貴重な時間を無駄にする気はない。選択肢は二つ。先ほどの二人のどちらかを選ぶか、この子を雇うかだ。

くすんだ灰色の目がさらに細められる。人のアドバイスは無視することにしているが、確かにトリーシャの言ったことには一理ある。先ほどの二人には野心が見え隠れしていた。着ている物も身なりもそれなりだったし、自分に自信を持っている様子だった。どちらもじきにかもになる適当な結婚相手を捕まえて、辞めていくだろう。

そうなったら僕は、また同じことを繰り返さなければならない。

だがこの女性にはそんな心配はいらなさそうだ。小柄で小太りで生真面目そうで、平凡な顔立ちを不安そうにピンク色に染めている。髪型だけはなんだか妙だが。

よし、彼女に決めた。

「家事の経験は?」アンドレアは大声で尋ねた。深刻な問題がなさそうなら、彼女でいい。家政婦のいないいらだたしかった二週間とも今日でおさらばだ。これで以前の平穏な生活が戻ってくる。清潔な靴下を探すとか、コーヒーをいれるといった余計な雑務に煩わされずに、仕事に神経を集中できるだろう。

マーシーはほっとして小さなため息をもらした。さっきまでのように未知の生命体でも見るような目で見つめられていては落ち着けない。彼女は両手を強く握りあわせ、急いで答えた。「四年間、実家で家事をしてきました。パートで仕事もしています。夜間学校に通ってケータリングと家政学の勉強もしていたのですけれど――」

母が健康を害してやめなければならなかった、と先を続けようとするのをさえぎって、アンドレアが口を挟んだ。「君、恋人は?」

マーシーは口を大きく開けたまま言葉を失って相手を見つめた。家事能力とどんな関係があるのだろうか。「いません」やっとそう答えたが、彼は返事が遅すぎる、と言いたげに口元に力をこめている。

「扶養義務がある相手は? 子どもがいるとか、健康に問題があったり、酒癖の悪い年寄りの身内がいて、君を急に呼びつけることはない?」

マーシーは化粧っけのない唇を固く結んだ。ハンサムだけど、なんて意地悪な人。きっぱり言い返してやるわ。どうせ断られるのだろうし。

「シニョール・パスカーリ、父は聖職者でした。ミサのときにワインを口にする以外、お酒は飲みませんでしたし、母は穏やかな優しい人で、一度だって人に理不尽なことを頼んだりしませんでした。二人とも亡くなりましたけど。コーンウオールに叔母が一人いますがとても健康ですし、何かあっても私を呼びつけたりするような人ではありません。それから子どもはもちろんいません。独身ですから」

「独身だから子どもがいないとは限らない。僕の経験から言えばね」彼はシニカルにそう言ったが、そのあとで突然にっこりと笑った。とても魅力的な笑みだ。ついさっきまでのとげとげしい気分は消え、マーシーはなんだか泣きたくなるような不思議な感激にとらわれた。相手の目が笑っている。彼はすばやく体勢を変え、デスクにかがみこんで書類を見はじめた。その様子に、マーシーは見とれずにはいられなかった。

一方アンドレアは満足していた。牧師の娘ならしっかりしたしつけを受けていて、ドラッグをやったり、留守の間に勝手に友人を呼んでパーティをしたりはしないだろう。

「ミス・ハワード、来てもらうことになれば君には住まいとして専用のバスルームつきの部屋があてがわれる。家事は僕の邪魔にならないようにしてくれ。僕は日常の些細なことに煩わされたくないんでね。たとえば水道管から水がもれたりしても僕に報告するのではなく、水道屋に連絡して直させること。洗濯は君の仕事だ。僕は一日に二度シャツを着替える。起床は六時半で、ランニングをしてシャワーを浴びてから八時に朝食。夕食はほとんど外ですませるが、家で食べたいときには事前に連絡するから、九時に用意してほしい。客と二人で夕食、もしくは二十人までのパーティをする場合もある。そのときにはいつも使うケータリングの会社に連絡して準備を整えること。泊まり客がある場合には、その彼女の望みどおりにしてやってもらいたい。何か質問は？」

マーシーは乱れた呼吸を整えた。もしかして、私は雇われたということなのだろうか？　だとしたら、夢みたいにありがたい話だわ。マーシーは目を見開き、何をきいたものだろうかとめまぐるしく頭を働かせた。だが、その泊まり客はさっきの金髪の美女でしょうか、それとも別の人でしょうか、という質問しか思いうかんでこなかった。まさかそんな余計なことをきくわけにもいかないので、彼女はただ頭を振った。「別にありません」小声で言うと、なんとか気持ちを整えた。「それだけ教えていただければ充分です」

なかなかいい、とアンドレアは考えた。休みの条件とか、休日はどうなるのかといった質問が返ってくるかと思ったのに。彼女はよく見ると驚くほど青い瞳をしている。彼はその瞳に笑いかけ、またゆっくりと椅子に寄りかかった。内心は、さっさとこの面接にけりをつけ、ノックスが辞めて以来滞っているさまざまな雑用を片づけてもらいたいと思っていたが、そんな気持ちはおくびにも出さなかった。

「じゃあ決まりだ。ミス・ハワード」彼は立ちあがると、広い肩をいからせ、威圧するようにマーシーを見下ろして右手を差しだした。「明日から始めてくれ」

　マーシーは差しだされた右手から錫を思わせる相手の瞳へとおびえたように視線を移した。雇ってもらえた！　こんなにあっさりと。一瞬口をぽかんと開けたマーシーは、あわてて閉じた。「ありがとうございます。でも明日からはちょっと……」

「どうしてだい？」噛みつくように言うとアンドレアは怖い顔でまた椅子にどしんと腰を下ろす。

　気難しいご主人だわ。そう思いつつ、マーシーは簡単に相手の思うままにはなるまいと心を引きしめた。この人はたぶん何もかも思いどおりになる生活をしているのだろう。でも、好き勝手が言えない場合だってあることを誰かが教えてあげなくては。マーシーは自分が魅力のない不格好な女だということも自覚していたし、人にはとことん優しいたちでもあった。けれど、必要なときには梃子でも動かない頑固さも持ちあわせていた。

　少し考える間を相手に与えてから、彼女はきっぱりと言った。「今はまだ家政婦紹介所で働いています。辞めるには一週間の予告期間がいります。もちろんすぐに辞めてその分の損害をお金で払うことにして、それをこちら様で払っていただくこともできるでしょうけど、私は約束はちゃんと守りたいので。一週間後からこちらで働かせていただきたいんです」一方で、これでせっかくのチャンスがふいにならなければいいけれど、と思わずにはいられない。

　アンドレアの厳しい表情がふっと消えた。僕のまわりのグラマラスで自信たっぷりの美しい女性たちはどんな無理をしても僕の意にそおうとするのに、この野暮ったい風貌の家政婦に説教されるとは。本来ならこの仕事をもらうために、どんなことでもするはずなのに……。それはアンドレアにとって新鮮な出来事で、彼はつい口元をゆがめて苦笑せずにはいられなかった。

　それがだんだんと笑いに変わり、彼は椅子から立ちあがった。「そうか。じゃあ一週間後に。ミス・ハワード、コービーはまだ来ないようだが、トリーシャに家の中を見せてくれるように頼むといい」アンドレアは長い脚でつかつかとドアの方に向かった。彼女が誠実だということを確かめられたのだから、いつものように思いどおりにできなくてもよしとするか。彼はさっさとマーシーの存在を頭から追いだし、待っている仕事に向かおうとしていた。

　うっとりするような微笑と、仕事がもらえたという喜びで、マーシーは頭がくらくらしてしまい、しばらくそこにたたずんで気持ちを静めた。伝説的な大金持ちのシニョール・パスカーリは、恐れていたほど怖い人ではなかったわ。

　こっちがきっぱりした態度をとりさえすれば。

2

　マーシーは六時半に目覚まし時計の音で目を覚まし、寝心地のいいダブルベッドの上でしばらくうっとりしていた。家政婦の部屋は屋敷の最上階にあり、大きな窓にかかる透けた白いカーテンから、早朝の日差しが差しこんでいる。わくわくするような、当惑するような奇妙な気分だった。

　新しい雇主はこの時間に起きて八時に朝食をとる。有能な家政婦ぶりを見せなくては。アンドレアとは昨日の朝ここに着いたとき、顔を合わせたきりだ。彼は腕時計をちらっと見て〝時間どおりだ。今日は一日外に出ているし夕食もいらない。適当に荷物を整理して洗濯をしておいてくれ〟とだけ言った。

マーシーが見守る中、アンドレアは大股で歩み去り、どこからともなく現れたタクシーに手を上げて乗りこんだ。彼の体から発せられているものすごい活力に驚嘆し、マーシーは目を丸くした。その生々しいまでのエネルギーは、着ているきちんとした背広とは相いれない感じさえした。視線を戻し、家に入ったところからマーシーの新しい仕事は始まった。

仕事は楽しかったわ。そう思い返しながらマーシーはベッドを出て、隣接したバスルームに向かった。例のブロンド美人もいなかったし、すばらしい家にたった一人、期待に応えようと一日がんばった。

寝室やバスルームに散らばっている脱ぎすてられた衣類を小さく舌打ちして拾い、洗濯場で色物と白い物を分別していると、なぜか顔が赤らんできた。ばかばかしい。

家ではジェームズの下着だって洗っていたわ。もっとも弟の下着はブランド品なんかではなかったけど。とにかく私は、男性の下着を洗うのには慣れているはず。なのに、どうして気恥ずかしくなるの？

物思いを脇に押しやり、マーシーは自分の仕事ぶりに雇主が気づいてくれたことを願った。洗ってアイロンをかけたシャツは大きなワードローブに収納したし、シーツを替え、掃除も隅々まで丁寧にしたつもりだわ。そう思いながら、ベッドの上に置いてあった灰色のだぶっとした服を身につける。昨日到着したときはクリーニング屋の袋に入ったままだったこの服が、どうやらここでの制服らしい。静かにてきぱきと家事をこなして、仕事ができることを印象づけなければ。この仕事は絶対に失いたくなかった。昨日も昼食時間を十五分取っただけだ。その間に弟にいくら送金できるかを頭の中で計算した。

その金額にマーシーは大喜びし、思わず自分で自分を抱きしめた。

始末に負えない髪を二つにくくる。多すぎてポニーテールには結えないのだ。誰が注文したのか知らないが、作業服はとてつもなく大きすぎて不格好だ。でも私がどう見えようと誰も気になんかしないわ。問題なのは家事能力、それだけよ。

ランニングからアンドレアが戻る物音がした。彼がシャワーを浴びるためにバスルームに向かう気配がしたときには、二十人はゆうに座れる大きな近代的なダイニングテーブルに一人分の朝食のセッティングが終わっていた。高額な給料の中から自前で花代を出して、ここに飾ろうとマーシーは思っていた。何が描かれているのかわからない現代絵画がかかった真っ白な壁と磨き抜かれた木製の床だけでは、あまりに殺風景だ。

八時十五分前になるとマーシーはあらゆる最新設備が整ったキッチンに走っていき、朝食を作りおえて、先日面接が行われた部屋にアンドレアを呼びに行った。ノックをして中に入ったとき、彼はまだ電話中だった。誰かに〝考えは変えない、これが最後だ〟と激しい口調で言っている。入らないほうがよかったのかしら、とマーシーが考えていると、アンドレアが携帯電話を切ってデスクに放りなげ、険しい顔つきで尋ねた。「なんだ?」

「朝食の支度ができました、旦那様」マーシーは事務的な口調で言った。高給をもらうのだもの、高飛車な態度も我慢できる。誰と話していたのか知らないけれど、その相手に腹を立てて私に八つ当たりしているだけなのだろう。

うっとりするほど魅力的な瞳が、何も持っていないマーシーの手元に注がれた。「どこに?」

日光が艶やかな黒髪を輝かせ、彫りの深い整った古典的な顔立ちに陰影を与えている。マーシーは我知らず見とれてしまったが、すぐに自分を戒めた。命令にきびきびと従う有能な家政婦は、ぽかんと口を開けて雇主を見つめたりはしない。

「食堂にご用意しました、旦那様」失態を補うようにあわてて答えると、マーシーはほほえんでアンドレアのためにドアを開けた。

だが彼は動かない。

「ここに持ってきてくれ」アンドレアはいったん言葉を切り、マーシーの心を溶かしてしまいそうな笑顔とともに続けた。「悪かった、ミス・ハワード。知らなかったのか。ノックスに細かい注意書きを残しておいてもらえばよかったんだが――」しかし、鳴りだした携帯電話を手にすると、その微笑はあっという間に消えた。氷の短剣さながらに鋭く冷たい言葉が彼の口からほとばしる。「もう我慢の限界だ。君もわかっているはずだろう。今度電話をしたら訴えてやる」

マーシーは頬を染めキッチンへと急いだ。なんて恐ろしいの。私だったら、あんなふうに言われたら死んでしまいたくなるわ。逆に、何様のつもりかと言い返してくびにされるかもしれない。気に入らないと誰にでも怒鳴るのかしら。気をつけないと、私も今に荷物と一緒にたたきだされるかもしれない。

マーシーはキッチンでいちばん大きなトレーに朝食をのせ、よろよろと書斎に戻った。デスクの上を片づけなければトレーをのせるスペースはないわ。そう思いながらお尻でドアを開け、息をはずませて書斎に入る。食堂で食べてくれたらいいのに、と思うが、とやかく言える立場ではない。給料をもらっているのだから、どうするかはアンドレアの自由だ。

彼は部屋の端に据えつけられたコンピュータに何かを入力していた。マーシーはトレーをいったん床に置き、デスクの上を整理して場所を作ってからトレーをのせた。「朝のお食事です、旦那様」

「ああ」うわの空と言わんばかりの返事のあと、彼はうんざりしたような口調で続けた。「ここに持ってきてくれ」

　マーシーはいらいらして歯噛みをしたくなったが、いらだちを抑えてなんとか平静な声を作り、もう一度言った。「そこでは場所がありませんので」

のりのきいた淡いブルーのシャツの下で、がっしりした肩がこわばるのが見えた。肩幅は広いが、シャツが灰色のズボンにたくしこまれた腰のあたりは、とても引きしまっている。「場所がない？」アンドレアはけげんそうに振り向いて立ちあがり、トレーを埋めつくしているものに魅惑的な目を向けた。目玉焼きが二つ、焼いたベーコンとトマト、ラックに立てられている数枚のトースト、バター、蜂蜜、ティーポットやミルクや砂糖の入れ物。

　アンドレアはしばし呆然とし、それから目を閉じた。くびだ、と叫びたくなるのをどうにか我慢した。ノックスは明らかに何も引き継ぎをしていかなかったに違いない。何をすればいいかを後任のために書き残すようにあんなに言っておいたのに。

　できるだけ公正になろうと、ぎこちない口調で彼は言った。「知っておいてほしいことがある。ミス・ハワード、僕は忙しい。これからもっと忙しくなる。朝、そんなに食べる時間はないんだ。ブラックコーヒーだけを、ちょうど八時に用意してくれ。八時十分には家を出られるようにね」アンドレアはプラチナの腕時計を見た。「もう八時十五分だ。いいからそれは下げてくれ」

　マーシーは小柄な体を精いっぱい大きく見せようと背筋を伸ばし、反対の意思をこめて彼をにらんだ。村にいたときにフレッチャー家の二歳の男の子の世話をしたことがある。言いだすと聞き分けがない強情な子だった。今の状況はそれとそっくりだ。

　こういうときには毅然とした態度が何より必要なのだ。マーシーは快活に、でもきっぱりと言った。「朝食をちゃんと食べるのは大切です。ブラックコーヒーだけだなんていけませんわ」小さく舌を鳴らす。「朝食こそ一日でいちばん大事な食事です。私がここで雇っていただいている限り、きちんと朝のお食事をお出しします。冷めないうちに召しあがってください」

マーシーはすぐ、立場を忘れてでしゃばってしまったことに気づいた。くびにされたら困るのに。だがもう遅すぎた。せめてなんとかごまかさなくては。

「今夜のお夕食は？」マーシーはつけ足した。

アンドレアは目を大きく見開いてマーシーを見つめている。なぜだろうと彼女は不思議に思った。見つめられるとなんだかぞくぞくするような変な気分になって、息苦しい。「いや、いらないよ、ミス・ハワード」真っ赤になったマーシーに、アンドレアはそう言った。

マーシーは安全なキッチンに逃げこみ、トーストとマーマレードの朝食には手をつけず、アンドレアが出ていく気配に耳を澄ませた。

あんな生意気なことを言ってしまって、くびにならないといいけど。天下のアンドレア・パスカーリに命令するなんて、とんでもないことだわ。マーシーは、夫の死で気力を失った母親の代わりに十六歳のときから家を切り盛りし、家計を切りつめてきた。そのため、自分のやり方で家事をするのが当たり前になっていた。ロンドンに出てからも清掃従業員のリーダー的な役目を任されていたので、いつ何をどうするかをてきぱきと決める習慣がすっかり身についている。だが広告界の鬼才にそんな態度が通用するはずはないのだ！

ただ、マーシーは今でも自分の言ったことは正しいと思っていた。アンドレアはとても忙しく、仕事に打ちこんでいるに違いない。だからこそちゃんとした朝食をとる必要がある。私の仕事は彼の世話をすること。ちゃんと面倒を見てさしあげなければ。

一日はあっという間に過ぎた。とにかくすぐにはくびにされなかったことに、マーシーは安心した。しかもあとでトレーを見ると、アンドレアはトースト一枚とベーコンを一切れ食べていた。少しはわかってくれたのかもしれないと思いつつ、マーシーは窓拭きや家具磨きに励んだ。前任の家政婦は食料をどうやって買っていたかきいてみなければ、と考えながら。

ワインとコーヒー、冷凍庫に出来合いの惣菜が少し……それしか食料は見あたらなかった。今朝の食材はマーシーが自腹で買ってきたものだ。弟も家事にはうといが、アンドレアはさらにひどい。

八時になったので、今日の仕事はこれで終わりにしようと決めた。床磨き剤の匂いが体にすっかり染みついてしまったし、労働したせいで暑く、足も痛い。マーシーは冷凍してある食事を電子レンジで解凍しながら、今夜は部屋の前でテレビを見ながらこれを食べ、早くお風呂に入って寝てしまおう、と考えた。カーリーがいたら〝まるで中年女性の生活ね〟とからかわれるだろう。そう思って顔をしかめていると、玄関のベルが鳴るのが聞こえた。

シニョール・パスカーリかしら？ 鍵を持って出るのを忘れたのかもしれない。あまりに汚い格好なので出ていくのは気が引けるが、身だしなみを整えている時間はない。

ドアが開くと涼しい風とともに例のブロンド美女が入ってきた。

「あの、旦那様はお出かけですが」強い香水の香りにむせそうになりながらマーシーは言った。

「わかっているわ」トリーシャは勝手に階段を上がっていく。今夜は豊かな体の線をいやが上にも目立たせる黒のドレス姿だ。「彼、火曜はいつも遅いの。アイディアを出しあう会議があるとかでね。寝室で待つことにするわ。いい子だからワインを一本とグラスを二つ持ってきて」

厳しく育てられてはいるが、マーシーは決して堅物というわけではなかった。今は〝パートナー〟とか〝特別な関係〟という言葉が、結婚する代わりに使われることは知っている。その場合、必ずしもお互いに愛しあっているとは限らないことも。アンドレアほどの男性なら、彼にふさわしい女性を相手に選ぶだろうということも。それなのにどうしてため息が出るのだろう。

トリーシャがうらやましいから？

とんでもないわ！

「赤か白かわからないので、両方お持ちしました」アンドレアの寝室に戻ったマーシーは朗らかな口調で言った。

トリーシャは全身を映す鏡の前で身をひねって姿を点検していた。マーシーは、重厚な木彫りの彫刻がヘッドボードに施されたベッドの横のテーブルにワインとグラスを置いた。きれいに化粧を施しているのに、トリーシャの表情はなんだかやつれていて、唇が小さく震えている。

「あの、大丈夫ですか？」

「ワインを開けて。違う、赤のほうよ！」マーシーが白ワインに手を伸ばすと、彼女は荒っぽく言った。「気つけ薬がいるの」トリーシャはベッドに腰を下ろしてハイヒールを蹴飛ばすように脱いだ。グラスを持つ手もよく見ると震えている。

刺繍を施したシルクのベッドカバーの上にだらしなく横になっているトリーシャを見ているうちに気分が沈み、マーシーはすぐにも部屋を出ていこうとした。だが、思いがけなく呼びとめられた。

「ねえ、ちょっとの間つきあってくれない？」

アンドレアのベッドに彼とトリーシャが横たわっているところを想像してこんなに胸がむかつくのは、

よほどおなかがすいているからだろう。そう思うと食事が冷めてしまうのが気にかかるが、しかたなくベッドの端に浅く腰かけてきいてみた。「何があったんですか?」美人で自信たっぷりの女性が、普段なら見下すはずの使用人につきあってほしいと言うのだから、よほどの悪いことかトラブルがあったに違いない。

トリーシャはいっきにワインを流しこむと脚を淡い緑色のカーペットの上に下ろし、お代わりを注いで形のいい肩を少し持ちあげてみせた。「どうにもならないってわけじゃないわ。そう思いたいの」

最後の一言を聞いたマーシーは元気づけるように言った。「前向きになることですわ。私、何か問題があるときはいつもそうしているんです。私にもいろいろあるんですけど――」

そんなことはどうでもいいと言いたげに、トリーシャが口を挟む。「みんなに知れ渡っているから、あなたにも言っておいたほうがいいかもしれないわ。アンドレアと……けんかしたの」声が震えた。「結婚を申しこまれる直前だったのに」彼女はマーシーを横目で見た。「ねえ、彼、誰か別の女と会ってる? 彼を追いまわしている女がいる?」

「さあ、私にはわかりません」そう言いながらマーシーは早くもトリーシャに同情していた。あんなすてきな男性を好きになって、そのあとで二人の仲がだめになったら、どんな女性でもどん底に落とされたような気分になるだろう。「でもプロポーズ寸前までいっていたのなら、急にほかの女性に乗りかえたりはしないんじゃないでしょうか」マーシーは慰めた。「ちょっとした恋人同士のけんかですわ、たぶん。友だちのカーリーも彼としょっちゅうけんかをしていましたけど、キスをしては仲直りして、もうすぐ結婚するんです。お互いに深く愛しあっていることを信じて、楽観していたらいかがですか?」

その言葉に対して返ってきたのは軽蔑(けいべつ)したような表情だった。早く夕食を食べてゆっくり休みたいと思っていたマーシーは、つけ加えた。

「そんなにおきれいなんですもの。けんかくらいで二人の仲がおかしくなるはずはないと思いますわ」

マーシーがドアに手をかけたとき、勇気づけられたようにトリーシャが言った。「そうよね、そのとおりだわ。それより、あなたはもう下がっていてね。火曜の会議のあとはいつも彼、機嫌が悪いの。あなたがそんな格好でうろうろしていたらますます機嫌が悪くなるわ。悪気があって言うんじゃないのよ。ただ、家に戻ったとたんあなたみたいな人と顔を合わせたら、誰だって気分がよくないでしょう」

悪意で言っているのか、無邪気に人を傷つけているだけなのかわからないまま、マーシーは黙って階段を下りた。それともトリーシャは誰の目にも明らかなことを口にしただけなのだろうか。


アンドレアはタクシーの料金を支払い、玄関の鍵を手にして歩道に降り立った。とにかくアイディアはできた。このアイディアを広告で実現すれば、コロネット食品の商品はきっとどんどん売れるはずだ。

忙しかった一日を終えてから、新しいプロジェクトの案を出すためのミーティングを開いたが、現れたチームのメンバーは誰一人やる気がなかった。みんながこのプロジェクトを、つまらない陳腐なものだと思っている。普段は富裕層を対象にした高価な商品の広告を作っているので、冷凍のパイとかグレービーソースに浮かんだグリーンピースといったありふれた商品の広告には気乗りしないのだろう。たとえ無農薬で、低塩、低脂肪で健康によくても、そんなつまらない品物を広告の効果ですてきな商品に変身させられるはずがない、と思っているらしい。

〝これまでとは違った客層をターゲットにするん

だ〟アンドレアは彼らに言った。〝派手とか豪華といった概念は忘れろ。昔ながらのシンプルな食べ物の価値をもう一度見直させるんだ〟

それにぴったりなアイディアが向こうから飛びこんできた。垢抜けない風体の小柄な女性が生真面目な表情で、子どもにお説教するように朝食の効果を力説したそのときに。とにかく彼女を説得することだ。もちろん女優を雇って演じさせる手はある。だぶだぶの服を着せ、かつらをかぶらせて。だがミス・ハワードにやらせたら、自然だ。彼女は適役だ。

家に入ったアンドレアは、重い足音を耳にして視線を上げた。まさにマーシーが階段を下りてくるところだった。その様子を見ながら彼は思わずにやっと笑った。だぶだぶの家事服、ずんぐりした体型、今どきあり得ないような髪型、大きな靴。完璧だ！

マーシーは少しためらったが、そのまま歩みを続けた。先ほどのトリーシャの言葉が脳裏によみがえる。彼女は、私のような女が出迎えたら男性は家に帰ってくるのがうれしくなる、と言ったわ。早く立ち去ろう。だが意外にも雇主は機嫌がよさそうだ。ドアにもたれてしなやかな体をリラックスさせ、見ている側がどきどきせずにはいられないような微笑を向けてくる。

「まだ働いていたのか、ミス・ハワード」アンドレアは考えを巡らせた。今切りだそうか？　いや、疲れているようだから今言いだしたら断られそうだ。明日の朝にしよう。

彼の口調は温かな気遣いにあふれていたが、マーシーはそれを無視した。名字で呼ばれると自分が無機質の生き物のような気がする。彼のベッドにだらりと横たわっているあの金髪の美女とは何光年もかけ離れた存在のような……。

「今終わりました、旦那様」マーシーは気を取り直して言った。なんと呼ばれたっていいじゃないの。

彼の目に私はどうせ女とは映っていない。洗濯と掃除のために雇われた存在にすぎないわ。さっきトリーシャに言われたことはとりあえず忘れよう。きっと彼女も、動揺していたからあんなふうに言っただけだわ。マーシーは階段を下りきると彼に近づいて言った。「あの、ガールフレンドがお見えです」思いきってさらにつけ加えた。「寝室でお待ちです。けんかのことで動揺していらっしゃるみたいです」

みるみるアンドレアの瞳に怒りが広がった。

「トリーシャか?」表情がこわばる。

「ええ、もちろん」ついとがめ立てするような口調になってしまった。ガールフレンドがそんなに何人もいるのだろうか。「何が原因かは存じませんが、穏やかに話をしてから、キスをして仲直りすることをお勧めしますわ。結婚したいと思っていらした女性だし、とてもあなたを愛していらっしゃるようだし――」

「黙っていろ!」褐色の指が乱暴にマーシーの手首をつかんだ。「二階へ来い。証人がいるんだ」

稲妻を思わせる速さで階段を引きずりあげられながら、マーシーはあえいだ。「いったいどうなさったんですか?」転びかけると今度は力強い腕で半分抱えこまれ、そのまま前に進まされる。

「腹を立てているだけだ! 言っておくが二度とあの女を家に上がらせるな。命令だ!」

返事はできなかった。たくましい引きしまった体に押しつけられ、動揺して息もできず、足が震えた。胸の奥にうずくような妙な感覚が生まれる。

ハリケーンに巻きこまれたらきっとこんな感じなんだわ。どぎまぎしながらマーシーは思った。だがそのときにはもう寝室に引きいれられ、彼の体は離れていた。目の前にはトリーシャのあられもない姿があった。枕(まくら)に頭をのせ、ぎょっとするほど思いきりドレスの裾(すそ)をたくしあげている。彼女はおなかをなでられて喉を鳴らしている子猫のように、立ちはだかるアンドレアをなまめかしく見あげていた。だが、息を切らして震えながらその横に立つマーシーを見たとたん、その瞳に怒りが燃えあがった。

ハリケーンは今や氷山に変貌(へんぼう)を遂げていた。アンドレアは彫ったようなくっきりした顔に残酷な表情を浮かべ、携帯電話でどこかに電話をしだした。それから冷たい声で言う。「タクシーを呼んだ。五分後には来るから外で待て。僕らは終わったんだ。ルールはわかっていたはずだ。今後、僕の半径百メートル以内に近づいたら、接近禁止命令を出してもらうよう、裁判所に申し立てる」

トリーシャは怒りに美しい顔をゆがめて去っていった。マーシーは脚の力が抜け、思わずベッドの足元にある、リネンを収納する箱の上に座りこんだ。

「ひどいわ!」目を大きく見開いて非難せずにはいられなかった。

アンドレアは顔をしかめ、眉を寄せて、灰色の瞳をマーシーに向けた。まるで、足元にあって目にも入らなかったほこりが舞いあがって鼻に入ったかのように。だが不正を見すごせないたちの彼女は、臆(おく)することなく続けた。「気の毒に。彼女はあなたを好きなだけなのに、あんな扱いをするなんて」

これで仕事をなくしたわ。凍りついたような沈黙の中で、マーシーはそう考えた。鳥肌が立ってくる。彼が生まれたときから世話をしている乳母だったら、叱(しか)っても許されるかもしれない。

でも、この家に来てからたった二日しかたたない私が、雇主にお説教してしまった。どうして黙っていなかったの? マーシーは膝の上でもじもじと両手をすりあわせた。

なんたること(サントロ・チエーロ)だ! アンドレアはさらに顔をしかめた。僕の行動を批判し、あきれるようなばかなことまで言うとは。今すぐに部屋を出ていけ、くびになりたくなければ二度と余計なことは言うな、と怒鳴りかけたが、そのとき、彼はマーシーに頼みたいことがあるのを思いだしてあわてて口を閉ざした。

閉鎖的な環境で厳しく育てられた彼女には理解できないのだろう、と自分に言いきかせて肩の力を抜く。こんなことに巻きこみたくなかったが、接近禁止命令を申請する際には証人が必要だったのだ。

「悪いな、君にいやな思いをさせて」誰に対しても自分の行動を釈明したことなどないが、今は我慢のときだ。さっきまで正義に燃えていた彼女の目が、打ちひしがれたように伏せられている。その瞳がとても美しいことに初めて気づき、彼は少し驚いた。

いらだちを押し殺して、アンドレアは体の向きを変えた。彼女に同情する理由なんか一つもない。まだここに来て間もないのに説教ばかりされているのは僕のほうだ。この三十一年間、こんなに口うるさく言われたのは初めてだ。

アンドレアはトリーシャが持ってこさせたに違いないもう一つのグラスにワインを注いで、マーシーに手渡し、自分でも驚くほど優しく言った。「ミス・ハワード、アルコールは口にしないなんて言うなよ。いやな場面を見てしまったショックから立ち直るにはこれが効くはずだ」

マーシーはむっとしてワイングラスを手にした。人をなんだと思っているの？　父は牧師だったけど、私は世間知らずじゃないし、お酒くらい飲めるわ。

「ときどきは飲みますから」そう答えたものの、本当は真っ赤な嘘だった。お酒を飲むような経済的な余裕は今までなかったのだ。「苦行僧のような生活をしているわけじゃありません」

「まいったな」マーシーが二口でワインを飲みほすのを見て、アンドレアは面白がるように形のいい口元をゆがめた。「言わせてもらうが、僕は結婚を考えたことなどない。トリーシャ・ロマックスとだけじゃなく、どんな女性ともね。彼女もそれは承知していた。初めから納得ずみだったんだ。つきあっている間はほかの女性は退けるが、二人の関係が終わるときには敬意と感謝をこめて僕から贈り物をする。それでお互い恨みっこなしに別れる、とね」

マーシーに理解できるだろうかとアンドレアは考えた。それ以上に、どうしてそのことが気になるのかといぶかりながら、マーシーの横に腰かけ、その手からグラスを取りあげて床に置いた。「そういう関係もあるのはわかるだろう？」

マーシーは頭がくらくらしていた。こんなにもアンドレアに近くにいられるとどうしていいかわからず、体が熱くなってくる。「私には不道徳としか思えません」そうつぶやいたが、口が麻痺(まひ)したようでうまくしゃべれない。緊張のあまりいっきにワインを飲んだりしなければよかった。「あの方はあなたを愛していらしたんじゃないんでしょうか」女性だったら、誰でも彼が好きになるに決まっているわ。

ああ、神よ(ディオ・ミオ)！　子どもじみたたわごとはよしてくれ、と言いたくなるのをアンドレアは我慢した。今はとにかく彼女を味方にしておかないと。「僕を本気で愛していたら、別れの印に贈ったダイヤモンドを返してくると思わないか？」彼は歯を食いしばるようにして言った。「それだけじゃない。今までにいくつ高い買い物をさせられたか。いいか、トリーシャが愛しているのは僕の金だけだ。だからこそ、いつかは僕の気持ちを変えて結婚まで持ちこめるだろうという間違った考えを抱いたのさ」

そんな考え方は利己的すぎます、とマーシーは言おうとした。だが、彼が自分を哀れむふうもなく続けたので口を閉ざした。

「十代のころから、僕は女にもてまくった。そのころ有頂天だった僕に、尊敬する祖父が言ったんだ。あの子たちの美しい胸の奥にある心は強欲だ、とね。

賢い祖父は自分の経験からアドバイスをしてくれた。パスカーリ家が金持ちだということは世間に知られている。美しい女性たちを愛でて楽しむのはいいが、どんな約束も交わすな、と。相続人が必要になったら結婚すればいいが、そのときにはどんなに顔が醜くてもいいから金持ちの娘を選べ。美しい愛人は十人いても一文の価値もないってね。君にショックを与えてしまったかな？」唖然としているマーシーを見て、彼は何を誤解したのか気の毒そうに言い、立ちあがってグラスにお代わりを満たした。「でも僕の生い立ちを知ってもらえば、僕が女性を泣かせていると非難されなくなるだろうと思って。トリーシャがこれまでの女性たちと違うのは、ルールを守ろうとしなかった点だけだ。僕に泣きついたら結婚できると思ったんだよ。とんでもない話だ」

アンドレアは眉をひそめ、いらだったようにため息をついた。これまで自分の行動を弁解したことは一度もない。ずっとそうしてきたのに、なぜ今になってその主義を変える？　ミス・ハワードは単なる家政婦だ。ソックスにアイロンをかけるとか、そういう仕事をするために雇ったんだ。僕のプライベートについて話してきかせる必要なんかないのに。

グラスを渡しながら、アンドレアはしかめっ面を元に戻した。マーシーの驚くほど大きな青い瞳に同情が浮かんでいる。泥の色をしたコンタクトでもつけさせようか。

彼はまたマーシーの隣に腰を下ろし、これで少なくとも彼女を味方につけられた、と考えた。今後はトリーシャが何を言って泣きついてきても、信じたりはしないだろう。妙な正義感に駆られて的外れな批判をし、唇をきっと結んで、僕が望みどおりのことをするのを拒んだりはしなくなるに違いない。

一方、マーシーの心は彼に対する同情の念でいっぱいだった。しかし、魅力的なイタリア人が隣に腰かけるとそれとは違う別の感情もわいてきて、彼女はグラスに視線を落とした。お代わりを頼んだ覚えはないし、飲みたくもなかった。すでにぼうっとしているというのに。でも彼が気の毒でたまらず、いらないというのははばかられる。気の毒な旦那様！

こんなにハンサムで生気にあふれているのに、お金を持たない裸の自分を愛してくれる女性がいるはずはないと思いこむなんて。おじいさんが間違った考えを植えつけたのがいけないんだわ。孤独な人。

「ミス・ハワード」

「はい、旦那様」マーシーは低く答えてからまたあわてて手にしたグラスに視線を落とした。濃いまつげに縁取られたアンドレアの瞳が銀色に輝き、口元がとてもセクシーだ。まるで好ましいものでも見るような表情をしている……。マーシーは頰をピンクに染めて、ばかげたことを思った自分を責めた。

「旦那様と呼ぶのはやめてくれ。僕らはもう友だちだろう？」アンドレアのその言葉にマーシーはさらに当惑し、あわててグラスを口に運んだ。

アンドレアは体の向きを変え、真っすぐにマーシーを見ている。至近距離にいるので、レモンの香りを思わせるアフターシェーブローションの匂いがわかり、体温までが感じられた。マーシーは緊張で胸が締めつけられるような気持ちになり、息ができなくなった。こんな妙な気分になるのは初めてだった。

「あの……はい」なんとか動揺した気持ちを立て直そうとする。友だちというのは自然なことかもしれない。彼は女性を、赤ちゃんだろうとおばあさんであろうと、そういう目で見ることに慣れているのだろう。そういう習慣に違いない。

飲んだこともないアルコールを口にした自分をしきりに責めているマーシーに、アンドレアが耳触りのいい、甘い声でささやいた。「それで、友だちとして折りいって君に頼みたいことがあるんだ」

3

「なんでしょうか？」マーシーは興味を持っているような声を出そうとしたが、舌がこわばってうまく言葉が出なかった。こういう状態を酔っぱらうというのだったら、酔うのは嫌いだ。マーシーはワインの最初の一杯をジュースのように飲みほしてしまった自分の愚かさを呪った。二杯目にしかたなく口をつけてちょっとずつすすりながら、なんとかアンドレアの話に気持ちを集中させた。

「ぜひ君にモデルになってほしいんだ」

一瞬、何も言えずに相手を見つめることしかできなかった。アルコールのせいで、耳や頭まで変になったのだろうか。ワインなんて飲むんじゃなかったわ、とマーシーは心の中でうめき声をあげた。彼はまた先ほどと同じ目でマーシーを見つめている。混乱しているマーシーの瞳を、銀色の眼光が捕らえた。うっとりするような彼の口元に官能的な微笑が浮かぶ。マーシーはごくりと唾をのんで混乱を振りはらうように頭を振った。

「もう一度言ってください」

「君は僕が今考えているプロジェクトにぴったりなんだ」

長い指でマーシーの顔を挟み、上を向かせると、アンドレアは値踏みするように顔をのぞきこんだ。マーシーはぎょっとしたが、ひそかに喜びを覚えた。動揺して全身が熱く燃えあがり、同時に悪寒を帯びたかのごとく震えだす。

キスをされるのかしら。そう思うと妖しい興奮に血管が脈打ちだした。彼の視線が顔のあらゆる部分に注がれ、続いて胸元に落ちる。ぶかぶかの家事服で隠された、マーシーが自分では気に入っていない大きな胸に。そこで彼の唇がゆるんだ。

「これから撮影するコマーシャルで、出番は少ないがいちばん重要な役を演じてもらいたいんだ。数時間でいい。〈コロネット〉の商品で……君はその役にぴったりなんだ」

蜂（はち）の羽音に似た小さな奇妙な音が、頭の中でしていた。何もかもがあまりに意外で、すぐには理解できない。わかるのはただ一つ、彼が手を離したとき、熱くほてった頬に触れていた冷たい手の感触が失われるのが残念だ、ということだけだった。彼はその手で、マーシーの手の中で危なっかしく傾いていたワイングラスを取りあげた。そして彼女がとても信じられない金額を謝礼として払うと告げた。

「考えてみてくれ」滑らかなシルクを思わせる魅力的な声でそう言われると、マーシーは骨までくにゃくにゃと溶けてしまいそうになった。アンドレアは無駄のない動きでするりと立ちあがり、マーシーの手を取って立たせた。その拍子にかすかに体が触れあったので、マーシーは脚から力がさらに抜け、危うく座りこむところだった。

アンドレアはすでにさっさとドアの方に歩きだしていた。マーシーのためにドアを開け、どうぞ、というように魅力たっぷりの微笑を向ける。

「同意してくれたら恩に着るよ。今夜一晩考えてもらって、明日の朝、もう一度話そう」

ありったけの意志の力をかき集め、マーシーはなんとかそのまま部屋を出て、ベッドにたどりついた。夕食を食べるのも、熱いお風呂に入ることも忘れてしまった。彼女は震えながら、明日ショックと酔いが覚めてから、今夜アンドレアの部屋であったことをもう一度考えてみよう、とひたすら自分に言いきかせた。

「すごいじゃない！」カーリーが叫んだ。

マーシーは携帯電話を耳から離し、自室の座り心地のいいアームチェアに置いて、鼓膜が破れる心配がなくなってからまた会話に戻った。

「ゆうべはなんだかよくわからなくって」マーシーは正直に言った。「何しろ、大きなグラスにワインを二杯も飲んでしまったから」

「冗談でしょう」カーリーは大声をあげる。「お酒なんか全然飲めないくせに。クリスマスにラム酒が入ったソースをスプーンに一杯なめただけで酔っぱらったのを覚えていないの？」

「親切に勧められたのに飲まないのは悪いと思ったのよ」マーシーは続けて、たしかアンドレアが言っていたと思われることをカーリーに話してきかせた。

もちろん、キスされるかと思ったことについては言わなかった。あまりにばかげた想像だ。

「でも今朝、朝食を持っていったときに、もう一度ちゃんと説明してくれたの」そのときのことを思いだすと、マーシーの顔に温かな笑みが浮かんだ。アンドレアは朝食に出した燻製（くんせい）の魚を最初は嫌っていたが、魚は脳の働きにいいからとマーシーがきっぱりと言い渡すと、残さずに食べたのだった。「来週の月曜にスタジオで撮影があるんですって。メイクをして衣装をつけて、私は午後から撮影だそうよ。その前の撮影がどのくらいで終わるかによるらしいけど。それに、すごいお金がもらえるの。これでジェームズは当分学生ローンを借りないでもすむわ」

カーリーはため息をもらす。「信じられない」

「私だって。私がテレビの広告にスカウトされるなんて、夢にも思わなかった」

「違うのよ。せっかく稼いだお金を自分のためになぜ使おうとしないのかって言っているの。いつだって自分のことは後まわしなんだから。まあ、あなたのことだから、どうせ言っても無駄だろうけど」カーリーの口調が軽くなった。「やっぱり、あなたは絶対に磨けば光る素材なのよ。雇主には見る目があったということね。いつも言っているでしょう、少し手をかければ、あなたはすごくきれいになれる人だって。チャリティ・ショップで買った古着ばかり着るのはやめなさい。髪をちゃんとセットして、私にメイクをやらせてみて。そのボスはあなたの中に眠っているスター性を見抜いたんだわ」そんなことあり得ないわ、と言いかけたマーシーに、カーリーは熱っぽく続けた。「ねえ、今度、あなたのところに招待してよ。さぞすごい家なんでしょうね。中を見てみたいわ。そうそう、その広告はいつ放映されるの？」

「さあ……」それすら知らない自分がばかみたいに思える。「ゆうべの話では〈コロネット〉とかいう会社の商品らしいけど。今朝、会社の名前をもう一度教えてくださいとは言えなかったの。昨日ちゃんと聞いていなかったと思われてしまいそうで」もちろん、ちゃんと聞いてはいなかった。しかも、キスされるのではないかなどとばかな想像をしてどきどきしていたせいだなんて、告白できるはずもない。

「〈コロネット〉ねえ」カーリーが繰り返した。「聞いたことがあるような気がするわ。香水とか化粧品なら絶対にわかるはずだけど。何にしても、きっとびっくりするような高級な商品よ。宝石かも。だって彼の広告会社は高級な有名ブランドの宣伝をするので有名ですもの。洗濯石鹸とか、トイレの洗剤なんかは絶対に手がけないはずよ。そのうちにあなたは、華やかで洗練された世界を代表する顔になるわ。絶対お金持ちになれるわよ」

カーリーはマーシーがうれしくなるようなことをさんざん言った。最後に、私を招待してもいいかボスにきいておいてね、と言い残して電話を切った。

マーシーは椅子の上でくつろいだ姿勢になり、友だちが言ってくれた言葉をうっとりと噛みしめた。

カリスマ性のある、生きた伝説と言われる魅力的なアンドレアが、私の中に鏡には映らない素質を見いだしたのだとしたら？　そんなことがあるだろうか。もしかして私を好ましいと思っているかもしれない。キスしようとしたけれど、そんなことをすれば雇主と家政婦の関係が崩れると思って、自制したとか？　考えているうちに、背筋がぞくぞくしてきた。

そこで不意にマーシーは我に返った。子どもじみた空想にふけるのはやめよう。今までだって一度もそんな幻想を抱いたことはないのに。

そんなこと、あるはずがないわ。

どっちにしても、彼にキスなんかされたくはなかった。そうでしょう？　常識を取り戻したマーシーは自分に言ってきかせた。彼はきっとキスが上手に違いないから、キスをされたら誰だって天に昇るような気分になるだろう。でもまともな女性なら、無節操な、しかもこと女性に関する限り幼児のように気まぐれな男性にキスされたいなどと考えはしない。

マーシーは大きな鏡の前に座って顔をライトに照らされ、興奮と不安に胸が締めつけられるような気持ちでいた。

アンドレアはここに連れてきてくれたあとどこかに姿を消し、ドアのあたりではメイク係と衣装係が何かを話しあっている。先ほどは、体を露出した服を身につけた何人かの女性と、モデルのようなハンサムで金髪の男性がスタジオを出入りしていた。マーシーは気をもみ、あれこれと思いを巡らせていた。私は何を言い、何をしたらいいのだろう？

考えれば考えるほど不安になる。何もできないのにあきれられてセットから追いだされ、出演料ももらえなくなるような気がしてきたので、マーシーは考えるのをやめることにした。

申し出に同意して以来、アンドレアはびっくりするほど優しく、毎夜夕食を食べに戻り、マーシーを話し相手に呼んでは皮肉まじりのユーモアで会話をリードし、彼女を魅了した。食費にかかるお金をどう請求すればいいのかとおずおず切りだしたときにも、何もわかっていないマーシーに腹を立てたりせず、微笑を浮かべて言ったものだ。〝ノックスはいつも〈ハロッズ〉に電話をして注文していたよ。何でも配達させて、伝票は僕につけてくれたらいい〟

〝そんな、もったいない！〟マーシーはつい言わずにはいられなかった。〝もっと安く買えるところがいくらでもあるのに。時間はあるんですから、私、自分で買い物に行きます。小銭を大事にすれば大きなお金がついてくるって言いますわ〟

アンドレアは形のいい頭を大きくのけぞらせて笑い、マーシーを困惑させた。彼ほどの金持ちは細かな金額にこだわる必要もないのだと気づき、マーシーは髪のつけ根まで真っ赤になり、二度と節約などという余計なことは言うまいと決めた。

ともかく、雇主とはなんとかうまくやっている。それに、ばかなことを考えたりもしなくなった。もちろんアンドレアがすてきだと思う気持ちに変わりはない。そう思わない女性がいるだろうか。そばにいるとつい見つめてしまうけれど、それくらいは許されるはずだ。まるで灰色の雁の群れにまぎれこんだ孔雀のように目立つのだもの。彼を魅力的だと思わなかったら女じゃないわ。もちろん、だからといって妙な期待を抱いているわけじゃない。とんでもない話だわ。

私の理想の男性は、落ち着いていて頼りがいがあって、誠実で、よき夫、よき父親になれる人。外見やお金はどうでもいい。

それはそれとして、私が少しばかり空想の世界に入りこんでも、とがめられることはないはず。ここにいる人たちの手で美女に変身し、アンドレアが私をつまらない家政婦のミス・ハワードとしてではなく、好ましい女性として見てくれることを想像しても。もうじき始まるはずのその変身が待ち遠しい。

「どうぞ」やせた若い男性が現れてマーシーに薄い冊子を差しだした。白昼夢から現実に返ったマーシーは、それがどうやら台本らしいことに気づいた。タイトルには〈コロネット食品〉とある。

せりふが少ないといいけれど。そう思いながらマーシーは急いで冊子を開いた。ページをめくるうちに全身の血が凍りつき、次に体が熱くなるのを覚えた。

せりふは一言もなかった。

マーシーはただ、野暮ったい服を着て立っているだけだった。ハンサムなモデルのような男性が、美しく若い女性たちを無視し、高級なレストランに目もくれず、フェラーリに飛びのって家に帰る。そして〈コロネット食品〉の出来合いの食事を用意して待っている醜い不格好な妻を見てうっとりとした表情を浮かべる、という筋書きだった。

吐き気がし、次に猛烈に腹が立ってきた。アンドレア・パスカーリは私をこんな目で見ていたのだわ。面白みも何もない、垢抜けない醜い女。

アンドレアが心底憎かった。

コマーシャルに出てくれと言われていい気になっていたなんて、どこまで愚かでうぬぼれ屋なんだろう。彼に資質を見抜かれたのよ、というカーリーの言葉を半分本気にし、ばかな夢を見て、半ばわくわくし、半ば当惑していた。

そんな自分がいやになった。

美女たちが撮影に出かけ、私だけが残されていたのはそういうわけだったのね！　ほかの代役を探せばいいんだわ。マーシーはその場から逃げだしかけた。だが、思い直して歯を食いしばり我慢した。どんなに腹が立っても、ジェームズを経済的に援助してあげられるこの機会をみすみす逃すわけにはいかない。

「お待たせ」メイク係の若い女性が鏡の中からマーシーに笑いかけた。「コーヒーでも飲みます？」

答えたらひどいことを言ってしまいそうで、マーシーは黙って首を振った。今朝は、アンドレアとスタジオに行くという興奮で朝食も食べていなかったが、何も喉を通りそうにない。

最低な男だわ！

「じゃあ、メイクにかかりましょうね」

「たいして必要ないでしょう」マーシーはつぶやいた。怒りは急に消え、胸に痛みと失望が広がった。

「そんなことないわ」陽気な答えが返ってきた。「私、トリクシーっていうの。よろしく」彼女はあめ色のカールした豊かな髪を手に取った。「きれいな色の髪。コンディションもいいわ」そう言って、べとべとしたクリームのようなものを取りだす。「これを塗ると艶（つや）が消えて、ボリュームも抑えられるの。大丈夫、洗えば落ちるから」彼女はマーシーの髪を首筋で束ねた。「今日の広告のテーマは〝男性の心を射とめる方法〟よ。どんなに誘惑されても、男は結局昔ながらの素朴な家庭の味と奥さんのもとに帰っていくっていうこと。特に家で妻が〈コロネット食品〉の食事を作って待っていればね」

マーシーはヒステリックな笑い声をあげたくなったが、黙ってファンデーションを塗ってもらうに任せた。濃い色のフレームの眼鏡をかけさせられ、枕（まくら）状のものを腰に巻かれて、袋のようなだぶついたベージュの服を着せられる。

セクシーな美女に変身して、豪華な宝石や高級スポーツカーの前でにっこりとほほえみ、アンドレアから〝思ったとおりだ！〟という感嘆の声をかけられ、僕が作りだしたこの美女を他人に渡すものかと思ってもらえる。そんな甘い想像をしたのが情けない。

ばかなことを考えたからその罰でこんな屈辱感を味わう羽目になったんだわ。常識を忘れて突拍子もないことを考えた罰よ！

スタジオのライトの後ろに座っていたアンドレアは立ちあがった。三度目の撮影はばっちりだった。それに比べ、最初の二回は最悪だった。マーシーはぎこちない上に、ひどく機嫌が悪かった。白身魚とブロッコリーのクリーム煮が入った湯気の立つ皿を、誰かの顔に投げつけんばかりの勢いだった。

すごい形相で僕をにらんでいたから、きっと僕に投げつけたかったんだろう。〝笑って〟アンドレアは怒鳴った。〝君は栄養のあるおいしい食事を旦那さんに出しているんだ。排水管がつまったのを直してくれないと責めているわけじゃないぞ〟

アンドレアはもう少しで堪忍袋の緒が切れそうだったが、幸い彼の言葉はマーシーの耳に届いたらしい。きっと大金をもらえるのを思いだしたんだろう。彼女の笑顔は実にいい、と彼は思った。そう思うのはこれが最初ではない。太陽の光みたいに温かく、愛情にあふれていて、みんなをほっとさせる。率直でごまかしがなく、健全だ。そう、この商品にぴったりじゃないか。中身がある男は、洗練された人工的な美女や、見てくれのいいだけの食事ではなく、本物を求めるんだ。

「三十分したら迎えに来るよ」アンドレアは楽屋にマーシーを送り届けて言った。なぜ彼女はいつものようにおしゃべりをしないんだ？　なぜ大きな青い瞳で僕を見あげない？　ぎこちなく歩いていて、なんだか生気がない。厚いメイクのせいだろうか。

ライトに照らされたせいかもしれないとアンドレ

アは思った。彼女はプロではないんだし、かなり緊張もしただろう。しかも僕は短気を起こして、そんな彼女に腹を立てて怒鳴りつけてしまった。

「完璧だったよ」マーシーのためにドアを開けて彼は言った。ちゃんとほめてあげなければ。「よくやってくれたよ、ミス・ハワード」

それだけ言うとアンドレアはカメラマンの方に戻っていった。

口先だけの最低な人！　マーシーはむっとしながらメイクを落としてもらい、髪を洗ってもらった。ピグマリオンのように彼によって変身させてもらえることを空想していた自分を責める代わりに、今度は彼に怒りの矛先を向けていた。

ボックス型のグレーのスーツに着替え、コルクの栓抜きのようにカールした髪に戻っても、マーシーはまだ屈辱に頬を赤く染めていた。そこに、アンドレアが戻ってきた。彼はいつものように自信たっぷりで、すばらしいスーツを着こみ、手縫いの靴を履いている。トリクシーが羨望のまなざしを向けた。

だがマーシーはアンドレアを見ようともしなかった。完璧なイタリア男性の典型のような彼との間にある大きな隔たりを、これ以上思い知らされたくなかったからだ。

忘れるのよ！　アンドレアが拾ったタクシーに乗りこみながらマーシーは自分に言いきかせた。ひそかに空想にふけって、理性を失っていただけ。どんなに平凡なつまらない女の子だって、手の届かないハンサムですてきな男性が自分を思ってくれたら、と思うことくらいあるわ。そんなことを一度も考えない女性がいるかしら。でも、今後空想はいっさい禁止だわ。

十分後、アンドレアはしゃれたレストランの前にタクシーを停めさせて料金を払った。マーシーは顔をしかめた。「ここで何を？」非難めいた口調で尋ねる。

「食事だよ」彼はマーシーの肘に手をかけた。「今日は疲れただろう、ミス・ハワード。帰ってから料理をさせるのは悪いから、お礼にごちそうするよ」

「そんな必要ありません」マーシーは頑丈な靴を履いた足をしっかりと地面に踏ん張って抵抗した。

「食事を作るのは私の仕事です」いやな女だと思われても構わない。「それにこんなところに来るような格好はしていませんし」不格好で魅力のない女と思われているのに、義務感から食事に誘われるのでは余計につらい。

「ばかを言うな、ミス・ハワード」魅力的な口元が一文字に結ばれ、肘にかけられた手に力がこめられる。「それで充分だ。それに誰も君のことを気にはしないよ」

そのとおりだった。アンドレアが自信たっぷりに歩くと客の視線が彼に集中した。粋を凝らした服装の垢抜けた女性たちが、店の奥へと進んでいくアンドレアをうっとりと見ている。

アンドレアに背中を押されて歩いていると、しなやかなガゼルの群れにまぎれこんだ象になった気がして、マーシーは身震いした。しかも肩にかけていたバッグが食事をしていた男性の肩に当たり、食べ物を刺したままのフォークが宙を飛んで、さらにそれを踏みつけてしまった。いっそ煙になって消えてしまいたかった。どぎまぎして謝罪を繰り返していると、アンドレアがウエイターを呼び、滑らかな口調で相手に謝ってマーシーをテーブルにつかせた。

ウエイターが引いてくれた椅子に腰かけながら、マーシーは顔が熱くなるのを覚えていた。アンドレアが憎らしくて声も出なかった。物慣れた態度も、広い肩も、引きしまったウエストも、長い脚を高価な服にさりげなく包んでいる様子も、すべて憎い。こんなところに食事に連れてこられるのもいやなら、彼がこれほどまでにハンサムなこともいやだった。

アンドレアが向かいの席に座ると、ウエイターが新聞紙ほども大きなメニューをマーシーに手渡した。マーシーはそれで身を隠したいと思ったが、そうはしなかった。

テーブルにメニューを置き、同じく手渡されたメニューを見ているアンドレアをにらみつける。そのとき、そばのテーブルに座っている金髪の女性がこちらを見つめているのに気づいた。彼女はマーシーと目が合うと急いで目をそらし、連れの女性に何か耳打ちした。連れはにやりとしてマーシーをちらりと見ると何か言い、金髪の女性がそれを聞いて笑った。

頬が真っ赤になっているのを自覚し、マーシーはますますみじめな気持ちになった。出ていきたかったが、さっきのような失態を繰り返してしまうのが怖くてそれもできない。アンドレアはマーシーの反抗的な視線に気づいたらしく、二人分の食事を注文した。

ウエイターが去って二人になると、マーシーはもう黙っていられなくなって言った。

「家に連れて帰ってください」

「なぜ?」アンドレアは家政婦を見つめ、笑いたくなるのをこらえた。顔が真っ赤だ。似合わないあの上着が暑すぎるんだろうか。好戦的に顎を上げて唇をへの字にしている。ほかの女性にそんなことを言われたら、僕はむっとしてすぐさま冷淡な態度で家までエスコートし、それっきり相手にしなくなっているに違いない。

だがマーシーはなんとなく面白くて、そうする気にはなれない。それはアンドレアにとって初めてのことだった。ノックスは陰気で無口で、話しかけなければ口をきかなかったし、過去に短い間つきあった複数のセクシーな女性たちは甘ったるさが鼻について腹立たしく、最終的には退屈した。マーシーはセクシーとはほど遠いが、話しているとなぜか楽しいので、機嫌を取ってやりたくなるのだ。「ここが嫌いかい？」彼はなだめるような口ぶりで言い、身を乗りだしてマーシーの怖い顔をのぞきこんだ。どうしてか急に、いつものマーシーの笑顔が見たくてたまらなくなる。

だが笑顔は引きだせなかった。代わりに相手の怒りに油を注いでしまったらしい。「わざと侮辱しているんですか？　それともいつもそうやって無意識に人の感情を傷つけるんですか？」

マーシーが見守る中、アンドレアの表情が変わった。彼はじっとマーシーを見たまま、ぞっとするような口調で低く言った。「どういうことだ」

アンドレア・パスカーリは誰にも批判されたことがないに違いない。そんな彼に盾をついたらきっと仕返しされる。今度こそくびだろう。それでもマーシーは口をつぐむ気はなかった。「こんな場所に……」大きく腕を振って店の中を示した拍子に、赤い薔薇を一本差したクリスタルの細長い花瓶をひっくり返しそうになる。「こんな格好の私を連れてきて……みんなが笑っているわ。私にあんな役を振りあてたのは、あの役にぴったりだったからでしょう。醜い退屈な女だから。お望みどおりの！」涙がにじんできた。弱虫、と自分を叱ったが、レストランの客たちに今の言葉を聞かれたと思うと、さらに屈辱感が襲ってくるのだからしかたがない。

「よすんだ」アンドレアはテーブルの上に手を伸ばし、マーシーの片手を取った。彼女が大きな、怒りをたたえた目を見開き、言いかけた言葉を失って荒い息をつくのがわかった。かわいそうなミス・ハワード。そんなつもりはなかったのに彼女を傷つけてしまったかと思うと心が痛む。

それは奇妙な現象だった。アンドレアは自分でも驚いて眉を寄せた。これまで他人の気持ちを気にかけたことなどない。誰もが僕の言葉に従ったから、そんな必要もなかった。

「君は醜くなんかないよ」アンドレアはほほえんだ。平凡な顔立ちだし、ずんぐりした体つきで、その上服のセンスはひどい。でも……。「醜くなんかない」彼は繰り返した。「退屈でもない」その言葉にマーシーの肩の力が抜け、青い瞳から怒りが消えるのがわかった。「堅実で健全で、夫の好物を作って待っている女性というのが、僕が君に抱いたイメージだ。家庭を大切に守る女性。男は自己主張ばかりする頭の空っぽな美人よりも、そんな女性を選ぶ」

全部が真実ではないが、本当のことを言ったら逆効果だと彼は考えた。〈コロネット食品〉の食事さえ用意していれば、どんな不格好な女性でも男をつなぎとめられるというのがあの広告の真のメッセージだ。しかし、ここは彼女をなだめておかないと、さっきのようにバッグを振りまわして、次は何を壊すかわからない。

マーシーが黙りこんだので、彼は彼女の手をぎゅっと握った。それから手を離すと、真剣な口ぶりで言った。「すばらしい演技をしてくれたあとで食事を作るのは大変だろうから、ここに誘ったんだ。料理もおいしいしね。みんながめかしこんでいるのに君が普段着姿だからって構いはしないよ」彼はもう一度ほほえんだ。「僕は君の外見など気にしていない。だから、君が気にする必要もないんだ」

4

その夜のことをあとから思いだすと、一つのことだけがマーシーの心に引っかかっていた。食事はおいしく、失ったはずの食欲は恐ろしい勢いで戻ってきた。グラスに半分ほどのシャンペンさえ飲んだが、マーシーはばかなことを言ったり、したり、考えたりはしなかった。

醜くなんかないとアンドレアが熱心に言ってくれたことがうれしい。変な期待をしてはいけないと思うが、その言葉をお守りのように大切にせずにはいられなかった。マーシーは、広告の中で演じた役についてアンドレアが言ったことも素直にそのまま信じた。男は見せかけだけの頭の軽い美女よりも、堅実で尽くしてくれる女性を選ぶ。その言葉を思いだすと、胸がいっぱいになる。

それは屈辱で傷ついた心の傷に塗られた軟膏のようなものだった。だがあれから二週間が過ぎた今、アンドレアが言った何かが刺のように心に突き刺さっている気がする。

それがなんなのか、よくわからない。

何が自分を悩ませているのだろう。彼が言ったことなのか、それとなく示唆したことなのか……。だがじっくり考えている暇もなかった。アンドレアはあれ以来、次に何をするのか予測もできない以前の彼に戻ってしまったからだ。ときには朝食をあわただしく食べて出ていったまま、朝方まで戻らない。家にいることも多いが、そんなときは書斎に閉じこもり、気が違ったようにコンピュータのキーボードをたたいている。かと思うと、電話を取ってわめいたり、なだめるような声を出したりし、コーヒーをくれとか、くずかごを空にしてくれとか、セントラルヒーティングをつけろとか消せとか、うるさく文句を言う。

取り引き先の偉い人とその妻を招待した日、マーシーがいつものケータリング会社に注文せず自分で料理をすることに決めたのを直前になって知ったときには、さんざん彼女をののしった。そんな金を惜しむなんて、けちな中産階級がすることだ、と。彼は、万が一食事が気に入らなかったら許さない、と言った。だが客が帰ると、キッチンで後片づけをしているマーシーのもとに走ってきてぎゅっと抱きしめ、歓声をあげた。〝大成功だ、ミス・ハワード。すばらしいできだった。許してもらえるかい？〟

そんな相手に仕えているのだから、マーシーの頭がいつでも混乱状態なのは当然だろう。

だが今日は違う。アンドレアがいないので、次に何を命令されるか予想がつかずに戸惑うこともなく、静かな時間を堪能できるはずだった。それなのに妙に虚しかった。今朝六時に彼は出張のためローマに旅立った。一週間、もしかしたらそれ以上留守にするかもしれないらしい。その間はあまり仕事もないし、休みは好きなことをすればいいとマーシーは言われている。

〝僕のかばんはどこに行った、ミス・ハワード？〟早朝、早足で階段を下りてきたアンドレアは言った。アンドレアが気難しいことを言うとき、マーシーは明るい、でもきっぱりした口調で応じることにしていた。彼女は、ゆうべ荷造りしておいた革のかばんを指さした。〝そこにあります、旦那様。それにタクシーが来ています〟

玄関ホールを走っていた彼は急に足を止めた。〝ミス・ハワード、暇な時間に何をするつもりだ？〟何をしでかすかわからない、と言いたげな口ぶりだった。〝それから、旦那様というのはやめてくれ〟

私がそんなに信用できないのだろうか。人を集めて騒いだり、淫らなパーティに出たりすると思っているのかしら。それとも郵便局でお金を下ろして出てくる老人を襲うとでも思っているの？　何をしようと私の勝手です、と言いたいのをマーシーは我慢した。〝もう五分も前からタクシーが待っていますよ〟そう言いながら玄関のドアを開けた。〝パスポートはちゃんと持ちました？〟

アンドレアはどんな人間をも震えあがらすような怖い顔でマーシーをにらみつけた。〝ミス・ハワード、僕を子ども扱いするな。君は僕の乳母じゃないんだから〟彼はかばんを手にして、威厳たっぷりにつかつかと出ていった。

マーシーはため息をもらした。本当にどうしようもない人だわ！　でもそれが彼なのだし、そんな彼をほほえましくも思う。一緒にいると絶対に退屈しないし、魅力的だ。午前中の休憩時間にコーヒーを飲みながら、眠気がこみあげてきた。ゆうべは遅くまでどこに置いたかわからなくなった書類を捜すのを手伝わされた。散らかったデスクの上はもちろん、書斎じゅうを捜した。次にはかばんがないと言って大騒ぎだった。もっとちゃんと捜せ、と言われたマーシーは、書斎を片づけさせてくれないからこんなことになるんです、と言い返した。

マーシーは思わず小さな微笑を浮かべた。アンドレアのもとで働くようになってから、元気になったような気がする。怒り、屈辱、冗談を言いあう面白さ、彼がどうしてもと言い張るので一緒にとるようになった夕食の楽しさ。アンドレアのせいでいろいろな感情が生まれ、それがいい意味で刺激になっていた。

アンドレアは生気にあふれていて、万華鏡のように気分が変わる。銀色がかった瞳がいつ怒りに曇るか、笑いで輝くか、人を自由自在に操る魅力をたたえて光るか、マーシーには想像がつかない。といっても、彼が魅力的に目を光らせるときはたいてい、何かでマーシーを怒らせたときだが。

アンドレアは難なく女性たちの心を射とめてしまう。ありがたいことに私はその対象として見られていないから、これからも彼の誘惑を退ける試練とは無縁だろう。アンドレアにとって私は女ではなく、不格好な家政婦のミス・ハワードなのだ。かんしゃくをぶつけるために給料を払っている使用人であり、楽しいときは一緒に楽しみ、穏やかな気分でいるときには親友のように接する相手、それだけの存在だわ。

マーシーはコーヒーを飲みほし、カップを割りそうな勢いで乱暴にソーサーに戻した。そうだ、ずっと気になっていたのはそのことだったのだ。〝僕は君の外見など気にしていない。だから、君が気にする必要もないんだ〟

でも私は気になる……生まれて初めて、マーシーはそのことを認めた。厳しい両親に、着飾るために使うお金があるのなら、飢えて死にかけている人たちや、住む家もなく病気で困っている人たちのことを考えなさい、と教えられて育った。そのためマーシーは、手の届かないような高級店のショーウィンドーの前で時折足を止めることにさえ、良心の呵責を覚えるのだった。

だから少しでも余分なお金があれば寄付をしていたが、父の死後はそれもできないほどつましい暮らしを強いられた。余分なお金があると、弟の学資の足しにと貯金にまわした。

でも今は状況が変わった。それに、私はアンドレアのためにきれいになりたいわけじゃない。私がどう見えようが、彼は気にもかけなかったもの。

マーシーはカーリーに電話をかけた。日曜の朝だけれど、もう起きているだろうか。

これまでも何度か、カーリーは協力すると言ってくれた。今こそカーリーの協力が必要だわ。

マーシーはバスルームの鏡に映る新しい自分を飽きずに眺めていた。先週の日曜日、カーリーは二つ返事で承諾し、金曜に有休を取ると約束してくれた。だが、マーシーのほうは日がたつにつれてだんだん不安になりはじめ、カーリーに電話をして約束をキャンセルしようとした。父が生きていたらそんな虚栄心は捨てろと言われるだろうし、母は無駄遣いを知って卒倒しそうになっただろう。

だがカーリーは応じなかった。〝今さらやめるなんて言わせないわ。金曜に休みを取るのに、私がどれだけ大変な思いをしたかわかっているの? 忙しい日に休むからって、サンドラに頭を下げまくって頼んだのよ。もっとも彼女には貸しもあるけど。今やめるなんて言ったら、二度と口をきかないから。そうなったって知らない。自業自得よ〟

結局、マーシーは出かけた。これまでよりずっといい給料をもらっているのに加え、コマーシャルの出演料も入ったので、ジェームズのためのお金を取りのけても、まだ充分なお小遣いがある。

お金を使った価値は充分あった。美容院で払った金額はぎょっとするほど高かったが、スタイリストは奇跡を起こしてくれた。手に負えないほど多い、くるくるとカールした髪はレイヤーカットされ、羽毛のようなウエーブが柔らかく額にかかり、首筋に沿って流れている。サファイア色の、胸元が深くV字にくれたシルクのセーターは首を長く見せ、大きな胸と細いウエストを強調した。スカートは細身の紺の膝丈のもの。キトンヒールの靴は女性らしく、それでいて仕事に支障がない。スカートに合わせてほかにも数枚トップスを買ったし、もう一枚、仕事着として黄色がかった少し短めのスカートも買った。

大きなヒップが目立つのを気にしてギャザーのスカートを買おうとしたのだけれど、カーリーに却下されてしまった。〝だめ、持っているものはちゃんと見せるのよ〟

家で仕事をするときに着る服に加えて、カーリーに勧められた、高価なリネンのピンクのスーツも買ってしまった。ほかには安いコットンのパンツ、それに合ったトップス、それから黄褐色の花柄が散ったシフトドレスも。

マーシーはだぶだぶした仕事着を脱いで、いちばん気に入ったシフトドレスを着てみた。

その色はマーシーによく似合っていたし、肌にまつわりつく布地の感触はこれまでに経験したことがないほど、女であることを感じさせてくれた。

驚きだわ！　大きなブルーの瞳が鏡の中で自分を見返している。顔立ちが以前よりすっきりして見えるのはメイクのせいだろうか。カーリーが選んでくれたのはクリーム状のファンデーションと頬紅、柔らかい色合いのアイシャドー、薔薇(ばら)色の口紅だ。

変身した私を見て周囲の男性はなんて思うかしら。ジェームズはたぶん何も気づかないに違いない。もともと学者タイプで、まわりのことが目に入らないたちだもの。

アンドレアは……。体をよじりたくなるような動揺が胸の奥にこみあげてきて、マーシーはあわてて彼のことを脳裏から追いはらった。彼は雇主。それだけよ。そこから外れたひそかな、理不尽な思いは、芽生えたらすぐに摘んでしまわないと。

ドレスに合わせて買ったハイヒールに履き替え、少しよろけながら部屋の中を歩いてみた。いつもかかとのない靴を履いていたから、高いハイヒールを履きこなすにはしばらく足ならしが必要だ。マーシーはそのまま、最上階にぐるりと張りめぐらされたギャラリーに出てみた。

少し歩くとやっと慣れてきた。彼女は階段を見下ろす位置に立って大きく息を吸いこんだ。練習のためにこの階段をよろけずに階下まで下りてみよう。モデルみたいに歩けるかしら。よかった、こんなばかな真似(まね)ができるのも一人だからだわ。アンドレアはあと二日は戻らないし、もっと遅いかもしれない。マーシーは磨きこまれた手すりに手をかけて階段を下りはじめた。

アンドレアは玄関のドアに鍵(かぎ)を差しこんだ。最初から自信はあったが、広告は好評だったし、大口の商談も取りつけた。これでパスカーリ広告代理店の評判はまた上がるだろう。普段ならローマに持っているアパートメントに二泊ほどするのだが、今回は美しい街を楽しむよりも、早くロンドンに戻ってきたかった。

ドアを開け、スーツケースを置く。一週間近く暇だったはずだし、マーシーに運ばせよう。そういえば、彼女は何をしていたんだろう。どうすれば雇主を思いどおりに動かせるか、という術(すべ)に磨きをかけていたのかもしれない。そう考えて、アンドレアは思わずにやりとした。

マーシーを呼びつけ、飲み物と軽食でも用意させようと口を開いたとき、階段の上の方に人影が見えた。

アンドレアは壁を探って玄関ホールのシャンデリアに電気をつけた。暗かった玄関ホールに光があふれ、その人影をはっきりと照らした。見たことのない女性だ。

しかもすごい美人の。

マーシーの友だちだろうかと思った次の瞬間、アンドレアは気がついた。あれはマーシーじゃないか。

だぶだぶの家事服や、ボックス型のスーツを脱ぎすてた彼女は、驚くほどの変身を遂げていた。凹凸のはっきりした体の線。ウエストはアンドレアの両手に収まってしまいそうなほど細い。本当にマーシーなんだろうか。

あまりに美しく官能的だ。

使用人でなかったら、誘いをかけているだろう。あのずんぐりした、垢抜けない彼女がこんな変身を遂げる可能性を秘めていたなんて。アンドレアは生まれて初めて言葉を失ったが、マーシーがこちらに気づいたのを見て、必死にいつもの自分を取り戻した。「ミス・ハワード、飲み物が欲しいんだ」かすれた抑えた声が口から出た。トーンを少し上げて続ける。「それから何か食べるものも。十分ほどでキッチンに行くから」そう言って彼は釘づけになった視線をマーシーから引きはがし、意思とは裏腹にそそられてしまった気持ちを静めようと書斎に向かった。

自分を取り戻すのにどうしても必要な十分間だった。家政婦に妙な気持ちを抱くなんて、哀れでばかげた話だ。僕はそこまで、おちぶれてはいない。どんなセクシーなドレスを着ていても、マーシーはマーシーだ。わがままな子どもをしつける乳母みたいに口うるさく命令ばかりして、僕に叱られてもめげずに言い返してくる。忙しすぎる僕の生活や浪費癖について、折があれば説教したがるおかしな女。

面白い、愛すべき家政婦だ。

マーシーは胸をどきどきさせながらキッチンに向かった。急に帰ってきたアンドレアにあんなところを見られて、後ろめたい気持ちに襲われ、恥ずかしさがこみあげる。

細面のハンサムな顔を見下ろしたとき、帰ってきてくれてうれしいと思ったことが罪であるかのような気分になった。アンドレアは頑固でいらいらさせられるが、彼がいなくて寂しかったと思い知った。

私に向けられた彼の目。新しいヘアスタイルから、服のせいでいっそう目立つ胸元、膝上のドレスから出た脚へと視線が移るのを見て、マーシーは催眠術にかかったように魅了された。

そして動揺した。体を細かな震えが走り、それがいちばん大切なところに集中するのがわかった。やがてマーシーは恥ずかしさに襲われた。アンドレアに凝視されると、自分には考える資格すらないあらゆることを想像してしまう。その場から逃げだそうとしたとき、食べ物を用意しろと言われ、なんとか現実に立ち戻ったのだ。

いつものように手際よく動けないまま、マーシーはキッチンでうろうろしていた。アンドレアの視線が脳裏にこびりついて離れない。マーシーは息をはずませ、たっぷり五分ほどぼうっとしていたが、やがて時間がないことに気づいて靴を脱ぎすてた。ドレスの上からいつもの家事服を羽織って冷蔵庫に首を突っこむ。

幸いそれがきっかけでなんとかいつものペースに戻れた。彼が好んで飲む赤ワインを開け、手早くグリーンサラダを作る。赤い顔でこんろの前に立っているとすぐ後ろで声がした。「いい匂いだ」

「ハーブオムレツくらいしかできませんけど」〝旦那様〟という言葉をマーシーはのみこんだ。本当はそうつけ加えることで、二人がどんな関係にあるかを確認したかったのだが、使うなと言われた言葉を使えば彼を刺激してしまうだろう。そうしたらきっと自分も言い返す。今、火花を散らしあうのは好ましいことではなかった。

「君も一緒に食べるといい」

マーシーは返事をしなかった。アンドレアはマーシーのクリーム色の首筋にカールした髪が柔らかくかかっているのを見て、瞳に温かい微笑を浮かべた。

「これは命令だ」

アンドレアは食器棚からグラスをもう一つ、引き出しからナイフとフォークをもう一組取りだした。

「僕にも家事ができることがわかっただろう？」アンドレアは自慢げに言ったものの、マーシーから見れば彼ほど家事能力がない男性はいなかった。

だからその言葉にも返事はしなかった。オムレツの皿を手にした彼女は見かけこそ仕事をそつなくこなしていたが、体はまだほてっていた。変身した自分を見つめるアンドレアの瞳。その中に読み取ったものがもたらした動揺は消えていない。

「君の分は？」マーシーが湯気の立つオムレツを置くと、アンドレアが尋ねた。マーシーは体を硬くし、唇を引き結んで、目を遠くに向けた。

「もう夕食をすませましたから」とても二人で夕食の席につける気分ではなかった。蹴飛ばして脱いだ靴を捜し、部屋に戻って、ばかなことを考えた自分を現実に引き戻さなくては。アンドレアはそれなりに見られる女性なら、どんな相手でもあんな目で見るに違いない。女好きでプレイボーイだと自認しているのだから。

「じゃあ、そこに座って話し相手になってくれ。ワインを飲みなさい」拒絶は許さないと言わんばかりの強い光が彼の目に宿っていた。そこにはどんなときでも思いどおりにしてきた、命令することに慣れている男性の自信があった。反抗するのは容易ではないし、今のマーシーにはその気力もない。

彼女はしぶしぶ席につくと、ワインをほんの少しグラスに注いだ。気持ちを引きしめていなければ。動揺した上に妙な気持ちになっている今は、くつろいだりしたくない。

アンドレアはサラダに手を伸ばして言った。「ローマの旅はどうだったか、きかないのか？」いつもと違って無反応なマーシーに、アンドレアはいらだちはじめていた。まるで彼女らしくない。

「きっと思いどおりにうまく運んだんだろうと思っていました」マーシーは、乳母が言うような抑えた口調でそう言えた自分をほめてやりたいと思った。

しかし、アンドレアが目を細めるのを見ると、彼にキスをされたらどんな気持ちだろうとまた考えてしまった。

アンドレアは顔をしかめ、フォークを置いた。マーシーはどうしてしまったんだ？　いつもは説教好きで、とんでもないことばかり言い、おかしいことがあるとすぐに笑いだし、せわしなくちょこまかと動いて世話をしてくれる。その彼女が、今日は変だ。やがてアンドレアは原因に思いあたった。これしかないじゃないか！

マーシーも女性なんだ。いつもと違う格好をしているのに僕が何も言わないから機嫌を損ねたんだな。しかもこんなにも変身したのに。実際すごくきれいになった。手を出したくなるくらいだが、それはまずい。使用人に手を出すのは禁物だ。

「ずいぶん大胆に髪をカットしたんだね」彼女の変化に気づいていることを、彼ははっきりと示した。セクシーになったと思うが、それは口にしないほうがいいだろう。「似合っているよ」言いながら彼はおいしいオムレツを口に運んだ。彼女の虚栄心がくすぐられ、機嫌がよくなると信じて。

だがマーシーの様子は変わらない。アンドレアはワイングラスをもてあそびながらまた顔をしかめた。彼女はまだむっと黙りこんでいる。しかもせっかく体の線がきれいに出るドレスを着ているのに、なぜ仕事着を羽織っているんだ？　そうか、僕に見せるために着たんじゃないということか。だとしたら、誰に？

「誰かに会いに行こうとしていたのか？」男に会う予定だったに違いない。彼の口調は非難がましく、まるでわがまま娘を叱る父親のようだった。「電話してキャンセルしろ！」怒鳴るように彼は続けた。

なぜか熱い塊が体を走り抜け、胸に刺さったような気分だ。彼女がデートに行って夜中過ぎに帰宅し、なれなれしい態度の男にタクシーで送られてくるのを想像すると、吐き気がし、怒りがわいてくる。

なぜだろう……彼は指でテーブルをたたいた。いつもの仕事着を着ていない彼女を見て、男に持っていかれるだろうと想像したからだ。そうなれば僕は……また家政婦を探さなければならない。だからだ！

自分の意外な反応の原因を論理的に突きとめて安心したアンドレアは手の力を抜き、またグラスを持つと、もう一度滑らかな口調で言った。「どこに出かけるつもりだったか知らないが予定はキャンセルしろ。ほとんど一週間自由にできただろう。僕が帰ったからには、これまでどおりに僕が不自由しないように気を配ってしっかり働いてほしい」

マーシーは体をこわばらせた。彼のあとをついてまわって世話をし、息を殺して次の命令を待てということ？　それだけではなくて、してはいけないことまで指示されるの？　若い女の子ならたまには夜の外出だってしたくなるのに。マーシーはアンドレアを引っぱたきたい気分だった。

こみあげる怒りと相手への軽蔑（けいべつ）の念を必死に抑えて、マーシーは立ちあがり、できるだけおごそかな口調で言った。「キャンセルするような約束はありません。ご用がなければ、私はこれで」アンドレアを見ようともせずに彼女は落ちていた靴を拾ってつかつかとドアに向かった。そして出ていく前にちょっと足を止め、反抗的な口調で言った。「失礼します、旦那様！」

5

「余計なことを考えずに食べてくださいね」マーシーはアンドレアの前に、彼が〝ハムスターの餌〟と呼んでいるシリアルが入ったボウルと、全粒粉のトーストを置いた。「体にいいんですから」

アンドレアは高価な靴に包まれた足裏から荒々しい震えがわきあがるのを覚えた。朝食が不満なのではない。むしろ、最近では好きになっている。シリアルに文句をつけるのは、マーシーを困らせ、いつもの真面目くさった説教を聞いて笑いたいからだ。つむじ曲がりな人だと言いたげに、彼女がいらだった表情を見せるのが面白いからだ。

常に自分に正直なアンドレアは、こんな気分になっている理由が別のところにあるのを認めた。それはメロンを思わせる、おいしそうなマーシーの胸のせいだ。艶やかな青い布地に包まれた二つのメロン。胸元が開いているので、彼女が身をかがめるたびに誘惑するようなくっきりとした谷間がのぞく。かすかないい匂いがして、頭がくらくらしてくる。

今朝目が覚めたときには、あの野暮ったい家政婦が好ましい美女に変身したのは夢だったに違いない、と思いかけていた。しかし、あり得ない変身は本当だったということを改めて目の前に突きつけられた。

マーシーは体を起こし、紺色のスカートに包まれたふっくらしたヒップの近くで空のトレーを持った。色こそ地味だけれど、スカートは細身で、喉が締めつけられそうな気分になる美しいヒップの形をはっきりと見せている。丈が短いのでふくらはぎの曲線や細い足首も見えた。

アンドレアはまた彼女の胸元に目をやった。細いウエストから視線を上に移動させると、二つの大きなふくらみと、クリーム色の首とかわいらしい顔がある。瞳はびっくりするほど青い。溺(おぼ)れてしまいそうな瞳とはこんな瞳を言うのだろう。思わず欲望を感じ、アンドレアはあわてて視線を外し、コーヒーポットを取った。

　手が震えてしまう。冗談じゃない。こんなことでは困るんだ。家政婦に手を出したりすれば、生活に支障をきたす。最悪だ。関係が終わって彼女が出ていってしまったら、有能で楽しませてくれる、最高の家政婦を失うことになる。

「今夜は何時になるかわからないから、先に寝ていていいよ、ミス・ハワード」

　アンドレアはコーヒーを口にした。火傷(やけど)しそうに熱くて、さらにいらだちが募る。そのとき、マーシーが息をのむのがわかった。知らず知らずのうちに、声が荒くなっていたのかもしれない。彼はこれまで感じたことがないような胸が締めつけられる感覚を覚えた。女性に粗野な振る舞いをする野蛮人になった気がするのも、生まれて初めてのことだ。反射的に謝罪の言葉が出かけた。それを口にしたら前のようになんでも言いあえる、気の置けない関係に戻れたかもしれない。だがアンドレアはあわてて口を閉じた。

　これからはあまりに魅力的すぎる新しいマーシー・ハワードと距離を置かなければいけない。そのためには冷たいと思われる態度をとるのもやむをえなかった。

　彼はすばやく、自分がどうするべきかを考えた。新しい恋人が必要だ。ジェイク・フェリスと妻のジャニスから、彼らのクラブで食事をしないかとしきりに誘われている。紹介したい女性がいるというのだ。その誘いに乗ることにしよう。

　ジェイクが紹介するなら美人に決まっている。恋人ができたら、家で家政婦に心を惑わされる心配をすることもなくなるだろう。

アンドレアは落ち着きを取り戻せたことに安心して、ボウルにスプーンを入れた。そのとき、心穏やかでいられなくなるほど近くをうろうろしていたマーシーが咳払いをした。


「あの、今夜お留守だったら、女友だちを二時間ほど部屋に呼んでもいいでしょうか」

今朝、アンドレアがなぜいらだっているのか理解できなかったものの、マーシーは気にしないよう努めた。彼のことを気にかけすぎている自分が情けない。

僕が出張から戻ってきたからには不自由を感じさせないように気を配って働いてほしい、というアンドレアの不満めいた言葉にはとても傷つけられた。使用人なのだから命令に従うのが当然だということはわかっている。主従の関係だと承知しているのに。

それでいて、機嫌がいいときに魅力を振りまかれると、つい感傷的な、心がとろけそうな気持ちにさせられてしまう。もしかして彼は私を同等に見てくれているのかもしれない、私といるのを楽しんでくれているかもしれない、と思ってしまう。そして、そんなはずはないと思うたびに、あのひどいコマーシャルに出演を頼まれたときと同じ屈辱を感じ、傷つき、わびしい気持ちになるのだった。

カーリーからは屋敷に招いてほしいと何度も催促されていた。彼が出張から戻った今夜は絶好の機会に思えてつい頼んでみたのだが、彼は機嫌が悪いし、自慢の屋敷に使用人が友だちを呼ぶなんてとんでもないと即座に断られるだろう。だがアンドレアは冷ややかに言った。「どうしてもそうしたいなら、どうぞ」それだけ言って、音をたてて新聞を開いた。

マーシーは無言の命令を理解して黙って引きさがった。

出ていくマーシーを見送る気はなかったが、アンドレアはつい目を向けずにはいられなかった。タイトなスカートに包まれた美しいヒップを心の中で賞賛し、後ろのスリットが割れて脚が見えるのに気づいて体が熱くなるのを覚える。

ばかな！　アンドレアは立ちあがって新聞をシリアルのボウルの上に落とし、大股でドアに向かった。あまりに強く食いしばっているので歯が痛むほどだ。会社に着いたらすぐジェイクに電話して、ディナーの招待を受けよう。僕に会いたがっているという女性がそれなりのいい女だったら、きっとマーシーに妙な気持ちを抱かなくてもすむようになるだろう。

マーシーは雇主のことを忘れようと、午前中の間ずっと拭き掃除をし、掃除機をかけた。簡単に忘れられるはずがないわ……彼女は気乗りのしないままそう思いながらランチを作った。どんなに努力しても、心が乱れ、彼のことを考えてしまう。

彼を見ただけでどうしようもなく胸が躍るのはなぜだろう。なぜ毎夜、彼の夢を見てしまうの？　どうして眠りにつく前に、彼の腕に抱かれ、キスをされるのを想像してしまうのだろうか。朝起きるといちばんに彼のことを考えてしまうのだろうか。

彼は住む世界が違う人だし、分別がある女性ならあんなプレイボーイを好きになるはずはない。結婚相手として好ましいタイプでもないのに、そんな人のことを思ってなぜ苦しい思いをするの？

彼は私を家具の一部くらいにしか見てはいない。こんなに変身したって、髪型が変わったね、としか言わないんだから。それも近所の床屋で髪を切ったのではなく、有名な美容師に時間をかけてスタイリングしてもらったのに。

食欲がなくなり、マーシーはせっかく作ったツナサラダを押しやって、気を取り直すよう自分に命じた。大人になるのよ。違うことを考えなさい。

これまでは確かに閉鎖的な生活を送ってきた。社交性はないし、男性とつきあった経験もない。最初に身近に現れた男性がアンドレアのようなハンサムでカリスマ性のある人だったから、妙な考えを抱くようになったんだわ。

大きなため息がもれた。アンドレアのことを頭から追いださなくては。別のことを考えるのよ。

たとえば……カーリーのことでも考えよう。カーリーは大喜びで今夜来ると言っている。うるさく仕事を言いつけるボスはいないし、この家に二人だけだ。もしプライドを捨てられたら、ばかな妄想を抱いてしまったことをカーリーに打ち明けてアドバイスをしてもらおうか。そう、私が抱いているのはばかげた一時的な憧(あこが)れの気持ちにすぎないわ。

マーシーは顔をしかめて立ちあがった。またたわ。考えないようにしたいのに、ついアンドレアのことを考えてしまう。

頭から彼の存在を締めだそうと、彼女は肩をそびやかして自分の部屋に上がっていった。新しく買ったクリーム色の地に赤いけしの花が散っているパンツと真紅のTシャツに着替え、カーリーの好きな白ワインを買いに出かけた。どうにかしてアンドレアを頭から追いやろうと、マーシーは決意した。今のうちになんとかしないと、ただの憧れが危険な感情に変わりかねない。本気でアンドレアを好きになってしまったら、ここを辞めなければならなくなる。ここほど給料のいい職場があるはずはないのに。

タクシーが夜の街を走っていくうちに、アンドレアは無数のハンマーが頭蓋骨(ずがいこつ)を内側からたたくような頭痛を覚えた。うめき声をあげてシャツのいちばん上のボタンを外し、ネクタイを取る。熱い。それに今夜はまったくの無駄足だった。

いつものようにジェイクは穏やかな態度だったし、ジャニスは一緒にいて楽しかった。ジャニスの友だちで前々からアンドレアに紹介してもらいたがっていたという女性は、美しい肢体を金色のドレスに包んでいた。色っぽい金色の瞳をした背の高いブルネットの美女で、アンドレアの関心を引こうとして、何か言われるたびに熱心に相槌（あいづち）を打った。

だがアンドレアはさっぱり興味を感じなかったし、露骨に誘いかけるような視線に心が冷えるばかりだった。セックスがからんだ茶番劇はうんざりだ。関係を持ったところでどうせすぐに飽きてしまうに決まっている。会うんじゃなかった。今は女性の名前さえ思いだせない。

ウエイターがデザートのメニューを持ってきたときに、アンドレアはついに席を立った。明日はジャニスに電話をして謝らなければならないだろう。

なんでもいいから早く家に帰りたい。はやる心でアンドレアは明かりの灯（とも）っていない玄関のドアを開けた。力が入らないためいつもとは違って音もたてずに閉める。家に早く帰りたいと思ったのは初めてだ。便利だから家を構えているだけで、普段はめったに家にいることなどなかった。

急に体が熱くなり、アンドレアは上着を脱ぎすて、椅子の上に放（ほう）りなげた。狙（ねら）いが外れて床に落ちたものの、拾う気力もない。ずきずきと痛む頭をなんとか上げてマーシーを呼んだが、声がかすれて出なかった。喉がひどく痛い。焼けるようだ。

しかたなくアンドレアは階段を上がりはじめた。マーシーの部屋まで行って呼びつけるしかない。熱さと寒気が交互に襲ってくるし、脚が震えて節々が痛む。風邪か何かに違いない。

これまで病気にかかったことなどないのに。

冗談じゃない！

マーシーの部屋の前に立ち、息をついたとき、彼は全身に冷水を浴びせられたようになった。男の声と低い笑い声が聞こえてきたからだ。髪が逆立ち、続いて熱い怒りが全身にこみあげる。

　彼女は嘘をついたんだ！　女友だちだって？　とんでもない嘘だ。すぐさま男をたたきだしてやる。すぐに。

　マーシーにも荷物をまとめて出ていけと言おう。今すぐにだ。たまに口答えをするくらいならともかく、嘘は絶対に許さない！

　だが真鍮のハンドルにかけた手がすべってうまくドアが開かない。全身汗まみれだということにアンドレアは気づいた。こんな状態では男どころか、ありだって追いだせない。

　よろよろと彼女の部屋に入っていく自分を想像すると耐えられなかった。そんな恥ずかしい姿を見せたくない。笑い物になるだけだ。いつでもすべてが自分の支配下になければ許せないのが、彼の性格だった。

　マーシーは明日の朝一番にくびにすることにしよう。

　心の中でそう決意すると、アンドレアはよろよろと自分の部屋に戻った。蹴るようにしてやっと靴を脱ぎ、ベッドにそのまま倒れこむ。彼はうめき声をあげながら、誘惑するように横たわる魅力的なマーシーに男が何をしているかを思いうかべた。苦しく、つらく、何がなんだかわからない……。

6

マーシーはいつもどおり、六時ちょうどに目を覚ました。温かい日光が部屋に差しこんでいる。家の中はしんとしていた。

静かすぎる。

いつもならアンドレアが朝のランニングに出ていく物音がするのに。玄関のドアが大きな音で閉められ、それを合図にマーシーは起きるのだ。それから身支度をし、朝食の用意をしてアンドレアが戻る物音に耳を澄ませる。彼が家に入る気配に続いて、シャワーを浴びるためにバスルームに向かう気配。時折、イタリア語の歌声が聞こえることもある。それを聞いてマーシーは朝食の仕上げに取りかかる。

ゆうべアンドレアは、いつ戻れるかわからないと言っていた。あまりにぶっきらぼうな口調だったから、もう少しで泣きそうになったくらいだ。寝過ごしているのだろうか。

そのまま明日の朝まで寝ていればいいんだわ、と意地悪なことを考えながら、マーシーは昨日と同じパンツとTシャツに着替えた。カーリーの恋人ダレンがほめてくれた服だ。ゆうべは、カーリーがダレンを伴ってきたため、マーシーは友人に雇主への思いを相談することができなかった。

ドアをノックして起こすべきかもしれないとマーシーは考えた。それすらしないのは意地が悪すぎるし、だいいち家政婦の職務に反する。私がどれほど簡単に彼に心を乱され、傷つくかを悟られてはならない。悪いのは彼じゃない。少女じみた憧れを勝手に抱いている私がいけないんだから。彼は、私なんか目に入らないような傲慢な態度で、どんな無理なことを言っても、高い給料を払っているから許されると思っているんだわ。

何度もドアをノックしたが返事はなかった。マーシーはそれが何を意味するか悟り、胸が締めつけられる思いだった。沈んだ気分で一階に下りていく。戻っていないとしたら、その理由は明白だ。新しい恋人と一夜を過ごしたに違いない。トリーシャのように美しい、洗練された、世慣れた女性と。

だが玄関ホールでマーシーが目にしたのは、床に投げすてられたアンドレアの上着だった。

彼は戻ってきているのだ。マーシーは思わずうれしくなった。女性のもとに泊まったわけではないとしたら、天気に誘われて朝早くに出かけただけかもしれない。

マーシーは上着を取りあげ、とりあえず椅子の背にかけた。絹とアルパカの混じった柔らかな布地をそっとなでたい衝動に駆られたが、そんな自分を戒めて、朝食の用意のためにキッチンに向かう。今日はグレープフルーツと、マッシュルームをのせたトーストにする予定だ。そのうちに帰ってくる気配がするはずだ。

マーシーはそれを待った。

八時十五分になると、これはおかしいと思いはじめた。アンドレアは気まぐれな人だけれど、朝の予定だけは一度も変わったことがない。時間どおりにジョギングに出かけ、シャワーを浴び、八時きっかりに食事をして、どんなに遅くてもこの時間には家を出ているはずだ。

八時二十分になった。

マーシーは大きく息を吸いこんで彼の部屋に戻り、今度はためらわずに中に入った。ベッドの上で服を着たままうつ伏せに倒れているアンドレアを見て、心臓が止まりそうになった。

息遣いが荒いのは酔っているせいだろうか。いつも赤ワインを一、二杯飲むものの、彼が飲みすぎて酔っぱらったところは見たことがなかった。でも、どんなことにも〝初めて〟はある。そっとしておこうかと迷った。

そのときアンドレアが大きなうめき声をあげ、仰向けになって腕を大きく広げた。マーシーはつかつかと近づいてその額に手を当てた。焼けるように熱い。まあ、酔っているのではなく、病気だわ。

熱でよどんだ目が片方開けられた。「何時だ?」

「八時を過ぎました」

起きあがろうとしてもがくアンドレアの汗にまみれた顔を、マーシーは不安げに見つめた。彼は唇を嚙むとかすれた声で言った。「もう出かけていなければいけない時間だ。ブラックコーヒーを持ってきてくれ」

マーシーが軽く肩を押しただけで、アンドレアはあっけなく枕の上に倒れた。「病気なんですから、出かけてはいけません」きっぱりと言う。「寝ていてください。飲み物を持ってきますから」

看病をするより先に、医者を呼ばなければ。不安に駆られたマーシーはキッチンに走っていき、各種の連絡先を記してある前任の家政婦が使っていた手帳を捜して医者に電話をかけた。

三十分後に来るとアリンガム医師が請けあってくれたので、マーシーは少し安心して落ち着きを取り戻した。どうやらアンドレアは保険ではなく、自費で医者にかかっているらしい。保険診療ならば、クリニックまで来るように言われるか、往診に来てくれるまでもっと長くかかるに違いない。

「遅れる」部屋に戻るとアンドレアはかすれ声でうめきながらまた身を起こそうとしていた。しかし次の瞬間、どさりと枕に倒れこんだ。

マーシーは心配しているのを顔に出さないように気をつけつつ、声をかけた。「言ったでしょう、仕事に行くのは無理です。誰に連絡すればいいか教えてくだされば、診察が終わったあとで電話をかけて事情を話しますから」

「医者などいらない！」アンドレアはマーシーをにらみつけたものの、それだけで疲れ果ててしまったかのように急に目を閉じた。長いまつげが濡れた血の気のない肌に影を落とし、目の下がにじんだように黒ずんでいる。

これは危険な状態だ。いつも生気にあふれている彼の、こんなにやつれた姿など見たくない。マーシーは彼専用のバスルームに走っていき、グラスに水を入れてきてベッドの端に座った。

肩の下に手を入れて頭を持ちあげ、優しく言う。

「さあ、飲んで」汗で肌に張りついたシャツを通して、焼けるような体熱が伝わってくる。医者が来る前にパジャマに着替えさせる時間があるだろうか。そう思いながらグラスを唇に持っていった。彼の顔が胸にもたれかかると体の中心部がかっと熱くなったが、それをマーシーはなんとか無視した。

アンドレアは冷たいグラスが唇に触れる感触に片目を開けた。今日は真紅のTシャツか。弾力のある温かな胸の感触がすばらしく心地よい。彼はもっと強く頭を押しつけた。素直に水をすすり、胸の谷間に痛む頭を差しこむようにもたれかかると、それだけでずいぶん気分がよくなったような気がした。体が反応してしまう。彼はさらに頭を押しつけた。すてきな気分だ。こんなに力が抜けていなければ、このまま彼女をベッドに押し倒して服を脱がせ、体じゅうにキスをして愛したいのに。結果がどうなったって構うものか。

マーシーは動揺して息を吸いこんだ。体が熱くなるのがわかる。喉が締めつけられそうだ。私がどう感じているか、彼に気づかれてしまっただろうか。

彼は自分がしていることが私をどんな気持ちにさせ

ているか、わかっているのだろうか。わからないことを祈りたかった。

マーシーは無意識に彼を支える腕に力をこめ、抱きよせた。もちろんわざとそうしたわけではない。アンドレアが喉の奥で幸せそうな音をもらすのを聞いて、マーシーは息がつまりそうだった。ひそかに思い描き、願っていたことが、実際に起こっている。体の細胞の一つ一つがわくわくし、常識など受けいれる余地がなかった。

マーシーは髪が乱れているアンドレアの頭をぼんやりと見つめた。思わず唇を押しあてたくなったが、歯を食いしばって我慢する。いつもとはまったく違う無力な彼を前にすると心が痛んだ。

医者を呼んだのは大げさすぎたかもしれないが、どんなことをしても彼を早く元気にしてあげたい。病気でいつものダイナミックなエネルギーは失われ、笑みをたたえて輝く瞳は曇っている。そんな姿を見てはいられなかった。

彼を好きになってしまったから。欠点もすべて含めて。

心からアンドレアを愛してしまったから。

天啓のように訪れたその自覚に、マーシーは打ちのめされた。彼女は目を閉じてショッキングな事実を打ち消そうとした。まったくばかげた愚かなことだ、と否定しようとした。だがいくら努力しても無駄だった。

こんな事態に陥りたくなかったから、一生懸命そうならないように努めたのに。女性をおもちゃとしか考えず、飽きたら捨ててしまうわがままな幼児のような男性を好きになるなんて愚かしいと、何度も自分に言いきかせたのに。

それでも愛してしまった。なんとかしなければ。だが敏感になって張りを増している胸に彼の頭が寄りかかっている状態では、とてもまともに考えられない。このままこうしていたいけれど、やるべきことをしなければならなかった。マーシーは気力を奮い起こし、自分の弱さを叱りつけて彼の頭を枕に戻すと、かすれた声で言った。「お医者様がもうすぐ見えるから、下に行ってお出迎えします」身を離したときに彼がうなったのは、寄りかかっているのが心地よかったからだろうか。いや、そうではなく、必要としていないのにマーシーが勝手な判断で医師を呼んだことに対する不満の声に違いなかった。

あとでちゃんと考えよう、とマーシーは思った。この思いをこれ以上育んではいけない。きっぱり断ちきらなくては。

「インフルエンザですな」アリンガム医師は寝室のドアを後ろ手に閉めるとマーシーに言った。「シニョール・パスカーリは丈夫だから、心配はいりませんよ」

ドアの外で待っている間、マーシーは不安に目を見開き、落ち着かない気分で足踏みをしていた。医師はマーシーを、頭の空っぽな女と思っているに違いなかった。家政婦だと名乗ると、彼は片方の眉を上げてみせたものだ。

マーシーは生死にかかわる判決でも聞くように、インフルエンザですと軽くいなす医師の一言一句に耳を傾けていた。「時季外れの、たちの悪いウイルスが最近はやっているんです。熱さましの錠剤を置いてきましたから、日に四回のませてください。万が一呼吸がおかしいと思ったら連絡してください。すぐに来ますから。では、失礼」

額にしわを寄せていたマーシーは、表情をリラックスさせようと努めながら、階段を下りていく医師を見送り、病人の部屋に戻った。アンドレアを好きになりたくないし、自分を守りたければできるだけ彼に近づかないでおくべきだと思う。ただ、やらなければならないことはきちんとやって世話をしてあげなくては。そう心に言いきかせつつも、病気の彼に求められている限り、絶対に彼のそばを離れることはないだろうとマーシーは自覚していた。

とりあえず目を合わせず、穏やかに、他人行儀に接しよう。何より、近くに寄らないようにすること。接触は絶対にだめ。それが、住む世界も価値観も違うこの男性をこれ以上好きにならないようにするための大原則だ。

だがアンドレアの一言がせっかくの決意をだめにした。「服を脱がせてくれ」

それくらい一人でできるでしょう、と言おうとしたが、根が優しいマーシーには言えなかった。彼は肘をついてやっと身を起こし、弱々しい動作でボタンを外そうとしながら、銀色の瞳を訴えるように向けてくる。とても断ることなどできなかった。

男性の体を一人で支えて濡れたシャツを脱がせるのは大変だった。あんなに避けようと決めていたのに、体を触れあわさずにそうすることは不可能だった。濃いまつげの下で彼の瞳がいたずらっぽく光ったと思ったのは見間違いだろう。熱で潤んでいるから、そう見えただけに違いない。

「これをのんで」薬と水を差しだしつつ告げた自分の声が妙にうわずって聞こえた。単に力を使い果たしたからよ。たくましい肩や、筋肉に覆われた胸元から引きしまったウエストに続いている、褐色のがっしりした上半身を見てしまったせいではないわ。

絶対に違う！

「パジャマはどこですか？」心臓がどきどきしている。普段、洗濯をしているのはマーシーなのに、パジャマを見たことがないのだから、彼はいつも裸で寝ているのだろうと予想はしていた。でも、一組くらいは持っているはずだ。

「僕はパジャマは着ない」

アンドレアは苦労してズボンを脱ごうとしていた。これから起こることを想像すると、喉がふさがってしまいそうだった。心臓がさらに激しく脈打つ。マーシーは目をつぶったまま手探りでファスナーを探しあてた。引き下ろす拍子に指が彼の体毛に触れ、火傷をしたように手を引っこめたくなる。顔が真っ赤になっているのがわかり、ひどく気まずかった。

ズボンはやっと足首まで下げられた。さすがに目をつぶっていては脱がせられないので、彼女は薄目を開けて作業をした。ズボンを脱がせると同時に、ベッドの裾に丸められていた布団を引きあげ、彼の体にかける。

残っているのはシルクのボクサーショーツだけだ。シャツ同様、濡れてぴったりと肌に張りついている。マーシーは歯を食いしばって深呼吸し、濡れたシルクの布地を引き下ろした。

肌がほてり、脚ががくがくした。そんなマーシーに、アンドレアがからかうように言った。「ミス・ハワード、男の裸を見たことがないのかい？」

マーシーはアンドレアを引っぱたきたい衝動に駆られた。首をしめてやりたかった。なぜこの人に夢中になり、気になってしかたがなく、いとおしく思うのだろう。そんなふうにさせた彼が憎かった。

羽根布団をもう一度かけると、彼女は脱ぎすてられた服を集めてできるだけ平然とした口調で言った。

「もちろん、何度もありますわ」

ジェームズだって男だもの。子どものころ、何度もお風呂に入れるのを手伝った。だから嘘をついているわけじゃないわ。

暗に、恋人がいたこともないのかとばかにした彼の鼻をあかせて、マーシーは満足した。もちろん本当は男性の裸を見た経験も、恋人がいた経験もないのだが、打ち明ける必要はない。「ジュースを持ってきますから、少し眠ってください」そう言い残してマーシーは部屋を出た。

キッチンで、マーシーはジュースを入れたグラスを握りしめ、しばらくぼんやりと立ちつくしていた。どうしようもない雇主に恋心を抱いてしまったことに気づいて、ショックだった。どうにかして泥沼のようになったぐちゃぐちゃの精神状態から抜けだし、感情を整理しなければ。

私はずっと分別がある人間だと言われてきた。その評判どおりの人間だということを証明しなくては。ただ、今すぐ辞表を出して病人を置いて出てはいけない。それはさすがに良心がとがめた。アンドレアが回復したら、出ていこう。難しいかもしれないけれど、新しい仕事を見つけ、住む場所を探そう。まず生活を立て直してから、彼を忘れよう。彼に巡りあったこと、好きになってしまったことを忘れるのだ。それがいちばんいい解決策だわ。

正常な判断を取り戻し、どうすればいいか決心したことで、マーシーは少し元気になった。しかし、階段を上がりかけてはっと足を止めた。

ジェームズの学資はどうするの？

こんなに条件がいい仕事はもう絶対に見つからない。仕事が見つかっても、今度は家賃を払わなければならない。

自分のことだけを考えるわけにはいかない。

くびになるような言動をしたのであれば別だけど、そうでない限り我慢してここにいなければ。愛を返してくれるはずがない男性を愛してしまった苦しみに耐えるしかない。彼は愛のために結婚する気はなく、家を存続させるために結婚する。しかも金持ちでなければ相手にしないと明言しているのだから。少なくともジェームズが仕事につき、稼げるようになるまではここにいなくては。

現実を突きつけられ、マーシーは冷水を浴びせられた気分だった。アンドレアの部屋に入るとスポーツドリンクをテーブルに置いた。「お医者様がこれを飲むようにと」出ていこうとしたマーシーの手を、彼が捕らえた。

「マーシー、行かないで。温めてくれ」

アンドレアの歯はがたがたと鳴っていた。青ざめ、震えている彼を見てマーシーは胸をつかれた。なんとかして助けてあげたい、と思った。

湯たんぽを用意している余裕はないし、そもそもそんなものをこの家で見たことはなかった。マーシーはとっさの思いつきで彼の布団に入り、震える体を両腕で包んだ。温かな自分の体に彼が身を寄せ、胸に顔を押しつけてくると、本来なら感じてはいけない禁断の喜びがわいてきた。

裸の体を腕に抱きとめ、サテンを思わせる滑らかな背中を、広げた両手でしっかりと支える。これまで知らずにきた、しかも本来なら許されるはずがない性の誘惑が、熱い興奮をもたらす。マーシーは我を忘れた。

通常の状況だったら、こんなことが起こるはずはない。普通のときに同じことを言われていたら、あわててその場から逃げだしていたわ……マーシーはそう言いきかせて自分を慰めた。何か口実を設けなければ、今の状況を正当化できなかった。アンドレアは熱のために自分が何を言っているのかよくわかっていないんだわ。私が彼を愛していること、こんなことをしたら正気ではいられなくなりそうなこと、自尊心もモラルも投げすてたくなりそうなことが、今の彼には理解できないに違いない。それがせめてもの救いだった。私がどれほど愚かなのか、アンドレアに悟られずにすむ。

彼の震えが止まったらすぐに布団から出て、冷たいシャワーを浴びて気持ちを静めよう。

しかし、早くそうしたいと焦る思いとは裏腹に、状況はまったく違う方向に向いていた。彼はますます強くマーシーの胸に顔を押しつけ、片脚を彼女の体に巻きつけ、イタリア語でうわごとらしきものをつぶやいている。

熱でうなされているのだろう。マーシーはますます心配になった。できるだけ彼から離れていようという自衛本能が、好きな人が苦しむ姿を見て吹きとんでしまった。マーシーは彼の熱い額にかかる乱れた黒髪を手で払いのけずにはいられなかった。なんとか楽にしてあげたい。冷たいタオルを額に当てれば熱が下がるかもしれないと思ってベッドを出ようとすると、彼は意外な力でマーシーを引きとめた。

懇願するような動作に抗うことはできず、彼女は唇を噛んで、アンドレアが再び体を寄せてくるに任せた。まるで仲のいい夫婦がするような仕草だ。そう思うとますます苦しくなってすすり泣きがこみあげてくる。いいえ、彼は何もわからずにこうしているだけ。人の体のぬくもりを求めているだけなのよ。誰だって高熱が出ていたら同じようなことをするわ。相手が誰かということなんか、意識にないんだわ。

マーシーにとってはそうではない。それでも彼女は我慢した。マーシーにとってアンドレアの要求は何をおいても優先されるべきものだったから。どんなときでも。

孤独な涙が一粒、頬を伝った。マーシーは現状に逆らうのをあきらめ、喜びと苦しみが混じりあった複雑な思いで、次の薬の時間までこうしていようと決めた。幸い、アンドレアは眠ったらしい。

時が止まった気がした。アンドレアの呼吸はさっきよりも楽になったようだ。彼に体を寄せられているのは拷問に等しかった。引きしまった贅肉のない男らしい体がぴったりとマーシーに押しつけられている。そのぬくもりが服越しに肌に伝わり、自分の体がそれに応えて熱く燃えてくるのがわかった。どんなに考えまいとしても、その妖しい感覚は去っていくれない。

今だったらそっと抜けだしても大丈夫かしら。よく眠っているみたいだし……。そう思ったとき、アンドレアが身じろぎした。無意識にだろうか、眠ったまま、マーシーのシャツの下から手を入れて両方の胸のふくらみを包みこんでくる。声にはならない泣き声を押し殺して、マーシーは体をこわばらせた。

だが次には、心も体も揺さぶられるような彼の手の温かさに我を忘れ、自ら体を押しつけていた。本当ならばその場で逃げだすべきだとわかっていたけれど、どうしてもそうすることができない。彼の手はじらすように、あやすように、ゆっくりと動いた。

「きれいだ」彼がつぶやいた。マーシーは魅惑的な心地よさ以外のすべてを忘れた。強烈な欲望が体を突き動かす。

どうにかして止めなければ。今すぐベッドから出るのよ。彼は熱に浮かされていて、何をしているのかわかっていないのだから。

でも私はわかっている！

わかっていてそれを許している自分が情けない。

次の瞬間、アンドレアがキスをしてきた。マーシーは自分でも思いがけない激しさでそのキスに応えた。さっきまで心に言いきかせていた言葉は、狂気のような熱い興奮に吹きとばされてどこかに消えてしまう。もう何もかもがどうでもよくなった。今起こっていること、それがすべてだと思う。重く響く彼の鼓動が、速いペースで脈打つマーシーの心臓の音に重なった。

7

マーシーは呆然とキッチンに座りこんでいた。作ってはみたものの飲む気になれないコーヒーを前に、この絶望的な状況についてできるだけ平静に考えようとした。でも頭は働かず、体はまだアンドレアを求めている。彼が始めたことを最後まで続けてほしいと、マーシーの体は切ないほどにうずいていた。

恥を忘れ、身悶えして彼に体をすりよせてしまった。どうするべきか、何が正しいかを忘れ、理性はどこかに吹きとんだ。彼の唇が離れた瞬間、マーシーはその魔術を再び味わいたくて自分から唇を求めていた。アンドレアは、いくらキスをしてもまだ足りないと言わんばかりの激しさで、すばやくそれに応じてきた。そのことを思いだして、マーシーは恥ずかしさで真っ赤になった。

思い返すのはつらいけれど、自分を罰するために、マーシーはあえて記憶を呼びさました。体をまさぐられ、マーシーは同じくらい情熱的に彼の体を探った。彼が明らかに自分を求めている証を見て、自ら服を脱ごうとしたのを思いだすと、ますます消えてしまいたい気持ちになった。

どうしてあんなふしだらな振る舞いができたのだろう。絶望的な気持ちになり、羞恥の波に襲われる。これまで両親に教えられてきたことも、関係を続けていこうという意思や愛が伴わない性行為は無意味だという信念も、あの奔放な行動で吹きとんでしまった。

もし彼を愛しているのなら、ひそかに彼を思い、何も言わず、気持ちを悟られないようにすることを学ばなければいけないのに。もっとも私は完全に、彼を愛するというどうしようもない状況に陥ったようだけれど。

あのとき彼が急に動きを止め、背を向けて眠りに落ちなかったら……。

それ以上考えてはだめ！　うめき声をもらすとマーシーは脳裏に浮かんだおぞましい映像を消し去った。取り返しがつかなくなる前に、守護天使が助けに来てくれたのだと思わなければ。

彼が眠りに落ちたあと、顔をほてらせたマーシーはベッドからはいだし、こっそりと彼の部屋から逃げだした。一歩間違えればどんなことになっていただろう。自分にそんな面があるとは思いもよらなかったけれど、欲望に突き動かされて、彼の行動をけしかけてしまった。薬の時間が来たら、また彼の寝室に戻らなければならない。

そのとき彼はどうするだろうか。また同じことが起きたら、私はそれを……天国をかいま見るようなあのすばらしいひとときを、拒めるだろうか。そう考えると、まるで悪夢のように思えた。

だが、マーシーはそれをやり遂げた。アンドレアの寝室に戻った彼女は、そっと彼を揺り起こし、熱がさっきよりも下がっていることを冷静に確認し、薬をのませた。

幸いアンドレアは少し渋っただけで素直に従った。マーシーの方を見ようともしなかったし、出ていかないでほしいと懇願するどころか、空になったグラスを手渡すとすぐに背を向けてしまった。

マーシーは殴られたようなショックを覚えた。一方、ようやく取り戻せた理性は、一時間前にこの部屋で起こったことを考えれば、屈辱的とも言える彼の無関心な態度は好ましい徴候だと判断してもいた。

アンドレアは高熱のため、何をしたか覚えていないのかもしれない。だとしたら救われる。マーシーは必死でその可能性にすがった。なぜなら、もしアンドレアが覚えているとしたら、二度とまともに彼の顔を見ることができないからだった。

アンドレアは枕（まくら）にもたれて上半身を起こし、両手を頭の後ろで組んで、明晰（めいせき）に状況を分析できる自分をうれしく思っていた。

みずみずしい体を持った家政婦を求める気持ちは依然として変わらない。こんなに熱心に女性を求めたことは今までなかった。マーシーの反応はこの世のものとは思えないほどすばらしかった。どうしても彼女をものにしたいが、そのために家政婦を失いたくはない。彼女ほど有能な家政婦は二度と見つからないだろう。

だがアンドレアには新たな確信が生まれていた。焦らずに事を運べば、マーシーに二つの役割を果たしてもらえるかもしれない。家政婦と愛人という役割を。

濃い銀色の瞳に、期待のこもった笑みが宿った。慎重に進めなければ失敗する。すばらしい体同様にすばらしい反応を見せてくれたものの、マーシーは本来は道徳観念の強い女性だ。一度だけの情事は過ちとして自分に許したとしても、愛人になることは絶対に拒むだろう。そんな提案を快諾するような育てられ方をした子ではない。甘んじて愛人の地位を受けいれさせるには、よほど用心深くやらないと。

アンドレアにとってもこんな経験は初めてだった。それだけに挑みがいがある。彼は生まれてから一度も、苦労して女性を手に入れたことがなかった。逆に女性を拒絶するのに苦労してきた。

そのことに飽き飽きしていた。

だがマーシーは、流行遅れで野暮ったい姿をしていたときですら、僕を退屈させなかった。

きっと、たいてい数週間で飽きてしまったこれまでの女性たちよりは長く続くだろう。アンドレアは身じろぎした。次の薬の時間はいつだろうか。すぐにもマーシーにここに来てほしいが、まず策略を練らなくては。

事を急いてはいけない。

さっき薬をのませてくれたときの彼女の様子を思いだす。緊張していて不安げで、ほほえみかけただけで部屋から飛びだしていきそうだった。とりあえずは自制して彼女の気持ちが平静になるのを待とう。おびえた子鹿を手なずけて餌づけをするように、ゆっくり時間をかけるんだ。

引き返せなくなるところに二人が行きつく寸前に身を引く分別があったのは幸いだったと、アンドレアは自分の幸運に感謝した。もっともそれは、今の状態では満足な結果が得られないかもしれないと思ったからでもある。とにかくアンドレアは眠ってしまったふりをしたのだった。

まずはこの屋敷から彼女を引き離そう。そうすれば、部屋に引きずりこんでいた男とも別れさせられる。といってもマーシーのことだ、ココアとビスケットでも出してもてなしていたのだろう。あのときは頭にきてすぐにも解雇してやろうと思ったが、怒りを覚えたのは自分にもよこしまな気持ちがあったからかもしれない。

マーシーは男の裸など見慣れていると言ったが、それも本当か怪しいものだ。もし男とベッドをともにしたことがあるとしたら、結婚しようとだまされたからに決まっている。だが僕は絶対にそんな嘘をついて彼女を傷つけたりしたくない。そのへんの女と彼女は違うんだ。

そこまで考えて満足したアンドレアは、時間をかけて待とうともう一度心に誓った。

マーシーが入っていくと寝室は暗かった。何もなかったように振る舞おうと決めていたので、彼女は電気をつけて明るく言った。「お薬の時間ですよ。スープも作りましたから」

マーシーは息をつめて相手の反応を待った。挑発的な笑いが戻ってくるだろうか。それともさっきの続きをしようと誘ってくるだろうか。それともあんな恥ずかしいことをしたのはまったく記憶にないのだろうか。

アンドレアはわざとらしく不機嫌な顔をして横を向き、布団を引きあげた。「いらない」

マーシーは内心ほっとして息をついた。ひそかに願っていたとおりの反応だったからだ。彼はいつものアンドレアに戻ったのだ。もう彼らしくもなく行かないでくれとすがったり、温めてくれと頼んだりはしない。これで安心だ、赤くならずにすむ。何が起こったか彼がぼんやりと覚えていたとしても、高熱で夢を見たことにすればいいのだから。

「ばかなことを言わないでください」マーシーは錠剤を瓶から出し、水を手渡した。「さあ、どうぞ」

「強引だな」官能的な口元にかすかな微笑が浮かぶと、マーシーの心は意に反して溶けだしそうになった。あわてて窓辺に向かい、ブラインドを閉じて暮れかけた空を締めだす。不必要に長い時間をかけてその作業を終え、落ち着きを取り戻して振り向くと、アンドレアはボウルの中をスプーンでいたずらにかきまわしていた。

「悪いが何も食べる気になれないんだ、ミス・ハワード。いまいましいインフルエンザのせいだ。明日には少しよくなるだろう。僕には少し休養が必要なのかもしれない。仕事にかまけていたからな」

彼の瞳が輝くのを見て、マーシーは自分のほうが発熱するのではないかと思った。ウイルスのせいでいつものエネルギーこそ失っているが、彼のカリスマめいた、女心をそそる瞳の輝きはそのままだ。

彼自身は誘惑しているつもりなどないのだろうし、

私ももうふらふらと惑わされたりしないわ。そう思うものの、アンドレアを見ていると抱きしめて、すぐによくなるからと励ましてあげたくなる。でも彼に触れることも、もっと親しくなることも絶対にしてはいけない。さっきはそうしたせいで、もう少しで取り返しのつかない事態に陥るところだった。

アンドレアが膝にのせているボウルが傾いて布団の上にスープがこぼれそうになっているのに気づいて、マーシーはあわてて取りあげた。その拍子にたくましい上半身をつい見てしまったが、心を引きしめて、彼を愛していることも、慰めてあげたいという気持ちも忘れようと努めた。「わかりました。おなかがすいたらまたお持ちします。何もご用がないようでしたら、これで失礼します」そしてアンドレアが何か言う前に寝室から逃げだした。

マーシーは一晩かけて、彼はあの出来事を覚えていないに違いないと自分自身を納得させた。おかげで少し気が楽になった。

翌朝、ジュースとスクランブルエッグ、小さな三角に切ったバターつきの薄いトーストを寝室に運んでいくと、アンドレアはジーンズと着古したTシャツ姿で、よろよろと部屋の中を歩きまわっていた。

「足ならしだ」アンドレアは、顔じゅうが目になったかと思うほど大きく見開いたマーシーの青い目を見ずに言った。「自分の足じゃないみたいだから、感覚を取り戻さないとね」

マーシーは乳母のように彼に駆けよって手を貸したいのをぐっと我慢した。彼を見ていると喉に熱い塊がこみあげてくる。それをのみこんで、できるだけ事務的な口調で言った。「椅子に腰かけて朝食をどうぞ」また反抗されるかと思ったが、彼は素直に従った。

トレーを膝に置いてあげるときに、うっかり彼のハンサムな顔を見てしまい、心が震えだした。少なくとも顔色はかなりよくなっている。近くにいると体がうずくことは考えまいとしたが、いつもは生き生きとした瞳になんの表情もうかがえないのはなぜだろうと、思わずにはいられなかった。

「ずいぶんよくなったみたいですね。でも無理は禁物ですよ。ひどい風邪だったけれど、薬が効いてきたようだし、もともと丈夫なんですからちゃんと食べて養生すれば、すぐに元どおりに歩けるようになりますわ」

アンドレアはトーストを口に運んだ。急に空腹を覚えただけでなく、にっこりと笑ってしまいそうだったからだ。真剣な表情で説教するマーシーを見るといつでも笑いかけたくなる。今日はいつものだぶだぶしたグレーの家事服を着ているが、やはり昨日ベッドの上で起こったことに当惑し、後悔しているからだろう。つまり家事服はよろいというわけだ。かわいそうな子だ。肉体的な欲望を抱くのは恥ずかしいことではないのを教えてあげなくては。

アンドレアの体内には、すさまじく激しい欲望が満ちていた。

忙しく立ち働いてシーツを替えているマーシーを見ていると、骨まで溶けていきそうな気分になる。いくらぶかぶかの服で隠しても僕にはもうわかっている。彼女の体の細部までもが記憶に残っている。僕の手の下であの体がどんな反応を示したかまで。

できるだけ事務的に聞こえるようにアンドレアは計画の最初の段階を口にした。「ねえ、ミス・ハワード」その言葉で、外したシーツを腕に抱えようとしていたマーシーは飛びあがるように身を起こした。

「僕はそんなにひどかったかい？　昨日のことは全然覚えていないんだ」相手の顔に安堵（あんど）の色が広がるのがわかった。続いて美しいいつもの笑顔が現れる。

自分の言葉が彼女にもたらした影響に満足して、アンドレアは次の段階に進むことにした。

「熱が高かったですから。うなされてほとんど意識がなかったんでしょう」

マーシーは安心のあまりめまいさえしてきた。彼は何も覚えていないんだわ。慎ましいはずの家政婦が、雇主が半ば意識を失っているのをいいことにあんな大胆な真似をしたことも、何もかも。よかった。彼の前で身をすくめていなくてもいいんだわ。何もなかったように振る舞っていればいい。今までどおりに忠実な家政婦として仕事に励んで、彼への気持ちを絶対に悟られないようにしよう。

「ミス・ハワード、もう一つ話があるんだが」アンドレアはマーシーに声をかけながら思った。いつの日か彼女の体に賞賛の言葉を浴びせかけてあげたいが、今はまだ早い。時間をかけなくては。「これを機会に少し長い休みを取ろうと思う。アマルフィの海岸にある別荘に一週間ほど行こうと思うんだ。電話を取ってくれないか。それから、洗濯物を下げたらついでに飲み物をもう一杯持ってきてくれ」

うまくマーシーを追いだすと彼はアマルフィのヴィラに電話をかけ、住みこみの家政婦ソニーヴァを呼びだした。イタリア語で、しばらくの間有給休暇をあげるから二週間ほど家を空けるようにと彼女に申し渡した。

すぐにアンドレアは罪悪感に襲われた。こんな姑息な手段に出るのは生まれて初めてだった。まるで策略を巡らす悪賢い蛇みたいだ。

だが、どんなに卑怯な手段に思えても、終わりよければすべてよしと言うじゃないか。戻ってきたマーシーにアンドレアは告げた。「今電話してみたら、あちらの家の家政婦は休暇を取っているそうなんだ。君に一緒に来てもらいたい」

マーシーの頬がピンク色に染まった。彼女が口を開いて意見を言おうとするのを制して、アンドレアはかぶせるように言った。

「君の仕事は僕の世話をすることだ。家が変わっても仕事は一緒だ。あっちに家政婦がいないのであれば、君に行ってもらうしかないな」

8

「ここに隠れていたのか」

滑らかな彼の声に、マーシーは喉がつまりそうになって後ろを振り向いた。小さなビキニからはみだしそうになっている胸を見られるのが恥ずかしくて、顔がかっと熱くなる。イタリアの海岸にあるこの町に着いた初日に、彼が買ってくれた水着だ。〝これはある意味で君にとっても休暇だ。文句は言わないで従うんだ。君が選ばないのだったら僕が選んであげよう〟彼はそう言い張った。

アンドレアはどんな水着かよく見ずに選んだに違いないと、午後、プールに入ろうとして初めてビキニを身につけたとき、マーシーは思った。はっきり言って淫らなほど露出度が高い。そのときには恥ずかしくて脱いでしまい、プールに入るのをあきらめた。だが青いプールの誘惑に負け、今朝夜明けと同時に起きてアンドレアがまだ寝ている間に出かけてきたのだ。

それなのに水着姿でいるのを見つかってしまった。

「楽しんでいるかい?」

「ええ」マーシーは大きな楕円形のプールの端に腰かけていた。派手に肌を露出しているため、振り向いてアンドレアの顔を見る勇気はなかった。もちろん彼はマーシーの水着姿を見ても何も思わないだろうが、彼女は気にしていた。不幸にも好きになってしまった男性の前に、裸も同然の姿をさらしたくない。ただでさえ恋しさがつのり、胸が苦しくて自分でも何をしてしまうかわからないというのに。「今、朝食の準備をします」できるだけ事務的な声で言った。

「今日は僕が朝食を作ったんだ。おいで」彼はマーシーに手を差しのべた。

アンドレアは明らかに親切心から紳士的に手を差しのべている。拒んだら逆に変に思われて、本当の気持ちを悟られてしまうかもしれない。マーシーは黙って彼に従い、出された手を取った。手をぎゅっと握られた瞬間、乾いた温かい手の感触に稲妻に全身を打たれたようなショックを覚えた。息を吸っておなかを引っこめ、体を小さなタオルで隠そうとしたが、タオルを落としてしまった。

「君はきれいな体をしているんだから、隠そうとしないで堂々と見せたらいい」タオルを拾って渡しながらアンドレアが言った。銀色の瞳がマーシーの足から女らしいヒップ、引きしまったウエストとその上の豊かな胸に注がれ、最後にふっくらとした震える唇に注がれる。

アンドレアはキスをしたくてたまらなかった。彼女の体に溺(おぼ)れたい。だが向こう見ずに先走ってはだめだ。計画的に進めなくては逃げだされてしまう。間違っても、怖がらせて逃がしてしまう危険は冒したくない。彼女は特別なんだから。

愛を交わすときにはマーシーも僕と同じくらい情熱的になってもらいたい。彼女が自分からベッドに来るように仕向けるんだ。お互いが別れの潮時を悟る日まで僕の愛人でいてもらうためにはそうする必要がある。それまでの二人の関係はきっと貴重なものになるだろう。別れの日はいつになるのかまだわからないが、今はそれがずっと先のことに思えた。こんな気持ちになるのは初めてだ。アンドレアは息をつめて眉をひそめた。

彼は意志の力で視線を外し、しぶしぶ手を離した。「こっちだ」白壁が朝の光を反射してまぶしく光っている別荘(ヴィラ)の方に歩きだす。「着替えておいで。その間にコーヒーをいれておくから」

マーシーは震えながらため息をついて、ふらつく足を前に運んだ。前を歩いている男らしい背中しか目に入らない。今日の彼は茶色の細身のデニムと黒いシャツを着ている。

きれいな体と言ってくれたけれど、本当にそう思っているのだろうか。それともまたからかわれているのだろうか。私が恥ずかしがっているのを見て慰めてくれているのだろうか。前の恋人のように惜しげもなく自分の魅力を見せる女性に慣れているから、あんなふうに言うのだろうか。

どちらにしても、アンドレアがいつもの彼に戻ったのは事実だ。イタリアに来てからの数日、少しよそよそしいけれど、彼は明るくて紳士的だった。

押しきられてついてきたのは、給料をもらっている身なので断れなかったせいもある。だがいちばんの理由は、彼があの出来事を思いだす様子も見せず、ほとんど書斎にこもって必要最低限しか話しかけてこなかったからだった。

それなのに、さっきみたいに脳裏に焼きつけるかのような目で裸同然の体をじっと見られると、新たな危険を感じ、心配になってくる。長い間女性なしでいたし、休暇中のお遊びに家政婦に手を出してみようか、とアンドレアが思ったら、私はそれを拒絶できるだろうか。それだけの強い意志が私にあるだろうか。彼の視線にこめられていたメッセージは、ひどくあからさまだった。

もちろん彼が好きだし、彼を求めているし、必要ともしている。だからといって遊び道具さながらに扱われるのはごめんだった。何千羽もの蝶に羽でキスをされるような、くすぐったいような感触が肌を走り、腿の間がかっと熱くなる。それはことアンドレアに関する限り、マーシーに意志の力がないことを告げる徴候だった。

けれども幸いアンドレアは後ろも見ないで先を歩いている。どうやら雇主と使用人の関係を崩す気はないらしい。本来なら感謝するべきなのに、それを不満に思う心をうとましく思いながら、マーシーは玄関から中に入った。一方アンドレアは中庭に通じる門からキッチンの方に消えていった。

マーシーは安いカラフルな木綿のスカートと光沢のある青のトップスに着替え、自分を励ましてキッチンに向かった。アンドレアが口笛を吹きながら厚手の陶器のカップをかちゃかちゃ鳴らし、コーヒーの用意をしている気配がする。

胸の高鳴りを静めようと大きく深呼吸して入っていくと、彼はコーヒーポットをトレーにのせているところだった。顔を上げた拍子に黒髪が額にかかる。その笑顔を見たとたん、マーシーは胃がひっくり返るような気分になった。彼という誘惑からできるだけ遠く離れ、安全な場所に逃げだしたい衝動に駆られた。」

だがマーシーは逃げだすほど弱虫ではなかった。

わざと明るい口調で彼を叱りつけた。「それは私の仕事です。そのために給料をいただいているんですから。まさか、家事をさせるというのを口実にして、私をここに連れてきたんじゃないですよね」

まずいことを言ってしまった。セクシーな瞳にじっと見つめられ、マーシーは内心悪態をついた。

「だとしたら、だめかな？」

どう答えたらいいのだろう。〝いいえ、ちっとも〟と言う？　どんな女性でもそう言うに違いないけれど、私はほかの女性とは違うわ。私には私なりの信念と道徳観があるもの。それを捨て去ったときのことを都合よく忘れてマーシーは自分を諭した。

実直な家政婦の仮面を再びかぶって、彼女は単調に言った。「困ります。お金だけいただいて仕事をしないのでは気がひけますから」

「よければ……」にっこりと笑いかけられ、マーシーはその魅力に引きこまれそうになった。危険を感じ、脳が警鐘を鳴らしたとき、アンドレアが重いトレーを軽々と持ちあげた。「外で食べよう」キッチンのドアから裏庭に出ると、ぶどう棚の下に置かれたがっしりしたテーブルにトレーを置く。「天気がいいのに家の中にいたらもったいないし、今日は二人とも仕事は休みにしよう。どこか行きたいところはある？」彼はマーシーのために椅子を引いてくれた。

腰を下ろした彼女は胸の高鳴りを無視してきっぱりと言った。「今日はキッチンの床磨きをするつもりですけど」

「雇主としてそれは禁止する」彼はコーヒーを注ぐとマーシーにカップを手渡し、長い脚を伸ばして向かいの椅子に座った。抵抗できなくなるような微笑を浮かべてつぶやいた。「今日は君を甘やかすことだにする。ついでに僕も楽しむよ。アマルフィまでドライブしてランチを食べるか、それともプールでのんびり一日過ごして話でもするか。君のこともいろいろ聞きたいしね。今日は主人と使用人だということを忘れて、僕を看病してくれたときの美しく慈悲深い天使になってくれ。マーシーという言葉は慈悲という意味だろう?」

マーシーは面食らった。面白半分だろうけど、アンドレアは明らかに私を口説いている。もうここでの生活に退屈したのだろうか。いつも活力にあふれて落ち着きなく動きまわっているのに、ここではやることがないから、私をからかって遊ぼうというのだろうか。

求めてもその答えが得られないことはわかっていた。マーシーは無駄な努力はやめ、熱いコーヒーをいっきに胃に流しこんだ。口の中が焼ける。アンドレアがまた言った。「どっちがいいか、食事をしながら考えてくれ。急ぐ必要はない。時間はたっぷりあるさ」

今のマーシーの精神状態ではどちらも不可能だった。なんとかして彼と出かけるのも、二人でヴィラで過ごすのも避けなければ。

果物を切っている彼の日に焼けた指を見ていると、頭がくらくらしてくる。胸が張り、いつもよりも重く感じられるのはどうしてだろう。あの手が私の胸に触ったのを思いだすからだわ。私を狂わせ、おかしくしてしまった手。ずっと触れていてほしいと思った。もっと、もっと触れてほしいと。

マーシーはパンと一緒に苦悩をのみ下し、あの出来事を忘れられるものなら忘れたいと願った。でも一生忘れることはないだろう。そう思いながら、彼の提案を改めて考えてみた。

最初にここに来た日にも、畑が並ぶ丘を下ってアマルフィまでドライブした。アンドレアが水着を買ってあげると言い張った日だ。歴史を感じさせる海辺の町で細い裏道や中庭を歩きまわるのは楽しかった。浜辺は込んでいたのでアンドレアはマーシーを町の中心部に誘い、二人は昼食にシーフード料理を楽しんだ。

その日、彼はほとんど口をきかなかった。普段から考えれば珍しいことだが、風邪が治りきっていないのだろうとマーシーは思っていた。今日のアンドレアは打って変わって生き生きと元気だ。そんな彼とずっと顔を突きあわせて一日過ごしたら、すでに充分乱されている気持ちがさらに乱されるに決まっている。

「私、ここで過ごしたいです」食事を終えた彼が片手を椅子の背にかけ、もたれかかるのを見てマーシーは言った。彼は形のいい唇に悪魔を思わせる微笑を浮かべてマーシーを見つめている。

マーシーは飛びあがるようにして椅子から立ちあがり、汚れた皿をトレーにのせた。あの灰色の家事服を持ってくればよかった。そうすれば実直な家政婦らしく振る舞うのがもっと簡単だったのに。

「せっかく休暇を取る気になられたんですから、出かけてください。私にはここでも仕事がありますから」

「そこまでだ」手が伸び、長い指がマーシーの手首を捕らえる。「逃げなくたっていいじゃないか」親指が手首の肌をそっとなでる。マーシーは息をのんで彼の手を振りほどこうとした。いや、そうするべきだと思ったができなかった。「僕は君の敵じゃないよ」

セクシーなその言葉にマーシーは骨まで溶けてしまいそうだったが、我が身を守るため自分を奮い立たせた。「あなたは私の雇主です。それ以外の何者でもありません」

そして、生涯で初めて好きになった人です。

そう思うと泣きだしたかった。

マーシーの手首を握ったまま、アンドレアは立ちあがって彼女をそばに引きよせた。体が触れあうほど近くまで。うっとりする妖しい感覚がマーシーの背筋を走り抜けた。手を握る彼の指から力が抜け、愛撫しているかのようにそっと添えられているだけになった。逃げるべきだと頭ではわかっているのにできない。それどころかもっと彼に寄り添い、たくましい体に触れて男らしい力強いオーラを感じ取りたかった。

「僕は……それ以外の存在になりたいな」

どう考えても誘っているとしか思えないその言葉を理解できなかったふりをして、マーシーはなんとか誘惑を退けようと努めた。そっと握られている手首から彼の手を外し、はっきりと言う。「なれますわ。まずはそんないたずらをしない人になるように教育してあげます」

一瞬、彼の表情が凍りついた。彼は濃い眉をひそめ、腰に手を当てた。「行儀が悪いと僕を非難するのか。いたずらがすぎるとでも?」彼の優美な鼻は怒りのためにふくらんでいた。

マーシーは笑いを噛み殺した。まるで彼女が、教皇をぽん引き扱いしたと言わんばかりの怒り方だ。雇主をこんなに怒らせるなんて、普通の使用人だったらおびえて逃げだすかもしれない。だがマーシーは怖くなかった。にっこりと笑うと、これから投げつけられるだろう非難に備えて肩をそびやかした。

一方のアンドレアは、栓を抜いた風呂から水が流れだすように怒りが失われるのを自覚した。この微笑のせいだ。彼女は笑うと妙に温かみのある、男心をそそるチャーミングな魅力を発揮する。熱いものが血管を流れるのがわかった。ここで手を出さないのは意気地なしだ。なるべくそっと、目の前にある天国に接近しよう。彼はマーシーのセクシーな体を抱きしめて頭を下げた。

絶望的なまでに、どうしても彼女を自分のものにしたい。こんな気持ちになったのは初めてだ。できるだけ慎重に誘惑しようという計画は、どこかに消えてしまった。彼は喉の奥で低くうなるとキスに力をこめた。論理的な思考を失う直前に、彼の頭を流れる雲のようにかすめたのは、僕にコントロールも意志も失わせ、周到に立てていた計画を断念させるだけのパワーがある女性はマーシーだけだ、という思いだった。

マーシーはキスをされたとたん、息ができなくなった。心臓をどきどきさせながらキスを返す。愛する男性に唇を奪われ、正常な思考はどこかに消え去り、マーシーはもはや意思をなくした操り人形だった。彼の手が片方の胸に触れ、そのままVネックから入りこんでくる。

全身の細胞が震え、マーシーは思わず声をもらした。アンドレアは唇を離すと、とぎれとぎれに言った。「君が欲しい。君のすべてが。僕の生活に、僕のそばに、僕のベッドに」反対の手がもう一方の胸に伸びる。彼が震えているのがわかった。重ねて彼は言った。「君もだろう？　そうだと言ってくれ、僕の天使（マイ・エンジェル）」

アンドレアは天国をマーシーに差しだしていた。マーシーの体は溶けてしまう寸前だったが、そのとき氷のように冷たい理性が戻ってきた。

差しだされているのは天国ではなく、地獄だわ。マーシーは慎みを取り戻し、まくりあげられたトップスを引きさげようともがいた。最初の数週間は天国かもしれない。けれど、すぐに飽きられて、いらなくなった服みたいにぽいと捨てられてつらい思いをするに違いない。トリーシャを捨てたときにも、アンドレアには後悔のかけらもなかった。

あとで傷ついて泣かないためには、今、気をつけなければ。

「いいえ」できるなら泣き叫びたい。こんなに好きなのに、拒まなければならないなんて。アンドレアほど好きになる人は二度と現れないだろう。でも……。

「本気で言っているのか」二人の間に距離を作ろうとしてもがくマーシーを無視して、アンドレアは彼女の顔をすらりとした手で包み、銀色の瞳でその瞳をのぞきこんだ。「嘘だ。こんなに女性にひかれたことは初めてだ。君の目にも同じ思いが宿っている。君がどれほど僕を求めているか、僕にはわかる。ベッドに入ってきたときにわかった。君の反応は僕が夢見た以上にすばらしいものだった。あのときは病気だったから君を満たしてあげられなかった。途中でやめたのを後悔しているよ。でも愛しあうときには完璧な形で愛しあいたかった」

「まあ！」マーシーは喉から悲鳴のような声をもらし、顔を真っ赤に染めた。彼は知っていたのだ。知っていたくせに、熱に浮かされてあのときのことを覚えていなかったふりをしていたなんて。

マーシーはなんとかアンドレアから逃れようとしたが、たくましい腕に捕らえられ、ぎゅっと抱きすくめられた。彼はそのまま椅子に座り、マーシーを自分の膝にのせた。

手足から力が抜け、マーシーはさながらバッテリーの切れたおもちゃだった。抵抗しても無駄だった。少なくとも彼女は自分にそう言いきかせた。

なんて愚かだったんだろう。彼はさぞ私のことを笑っていたに違いない。私が言いなりになったことだけでなく、自分から積極的に行動したことまで知っていたんだわ。それなのに知らないふりをして、自分に都合のいいときまで黙っていたのね。

アンドレアの片方の手はマーシーのウエストに置かれ、もう一方は張りのあるヒップに添えられている。情けないことに、その事実しかマーシーには考えられなかった。不意にアンドレアが言った。「肉体的な欲望を恥じる必要はないんだ。両親のどちらから、セックスは罪だと教えられたんだい？」

それまで恥ずかしさに下を向いていたが、マーシーはきっと顔を上げた。「二人ともそんなことは言いませんでした。妙なほのめかしはやめてくださ い」

アンドレアはにやりと笑った。僕を怒鳴りつけるだけの気概がある女性はマーシーだけだ。そんなマーシーが彼の目には最初から新鮮に映った。どんなに無理難題を言っても同意し、ごまをすることしかできない、追従ばかりの女性たちがどれほど退屈か、マーシーは僕に気づかせてくれた。

マーシーが逃げようとするのを察して彼は手に力を入れた。彼女は豊かな胸を怒りで激しく上下させて彼に食ってかかった。「私は自分の体を大切にするように教わりました。昼間は家政婦、夜は娼婦になるつもりはありませんから。どうせ……」声が弱々しくなったが、マーシーはきっぱりと続けた。「飽きたとたんに追いだされるんだわ」

「君は僕を飽きさせない」アンドレアは滑らかな口調で言って、強い意志を秘めた口元にからかうような微笑を浮かべてみせた。「自分の体を大切にすることについては、僕も同感だ。体の声に耳を傾けるべきだ。僕らは互いのために作られたと君の体は言っているよ」そう言いながらアンドレアは、マーシーがどんな影響を彼にもたらしているかを示すために、彼女の腰を強く引きよせ体を密着させた。「家政婦の仕事のことは忘れるんだ」二度と彼女を使用人として考えたくない。その思いが突然稲妻のように脳裏を走り、アンドレアは頭を殴られたような衝撃を覚えた。彼は小さく咳払いをしてくぐもった声で続けた。「掃除をするだけならいくらでも人を雇って君の下につける。だから君は僕の女性でいることだけを考えてくれ。おいしい食事を作り、部屋に花を生け、食堂にきれいな絵を飾ってくれたらいいんだ」

マーシーは黙っていた。ここは余計なことを言うべきではないと思ったからだ。実は食堂にある、何を表現したいのかさっぱり理解できないモダンアートの作品の隣に、花に囲まれた藁葺き屋根のコテージの絵を勝手に飾っていた。彼がそのことについて何も文句を言わないので、マーシーはひそかに驚いていたのだ。だが興奮している印を押しつけられて体は溶けそうになっていても、まだ理性は残っていた。「私は生活していかないといけないんです。お給料をいただく必要があります」

濃い眉の片方がゆっくりと持ちあげられ、彼の口元がひくひくと動いた。「そんなことか。何もしなくてもいくらでも好きなものをあげよう。美しい服、君の瞳に似合うサファイア、天使のような君の心にふさわしい気高さを持つダイヤモンド、君と僕がベッドで交わす情熱を象徴するルビー」

マーシーは歯を食いしばって怒りをこらえた。宝石を与えられて喜ぶ情婦のような女だと思われているのだろうか。とんでもないわ。気持ちはうれしいけど結構です、と言おう。弟の学資を援助するために家政婦は続けたいが、体を差しだすつもりはない。どんなにたくさんの宝石も、傷ついた心をいやしはしない。

そのことをはっきりとアンドレアにわからせなければと思い、マーシーは彼から逃れようとした。体はこのまま愛する男性のそばにいたいと望んでいるけれど、それを許すわけにはいかない。マーシーは千々に乱れる気持ちと闘い、なんとか言葉を探そうとした。どう言えば、私はそんな女ではないと彼にわかってもらえるだろうか。ベッドに誘ったあとで、飽きたり、もっと魅力を感じる肉体に興味を移したりしたら、さっさとお払い箱にできる女性たちとは違うということを。

ところが頭を悩ましている間に、事態は思いもかけない、マーシーの抵抗が及ばない方向に進んでいた。

アンドレアの手がスカートの下に入りこみ、膝から徐々に上に進んでいる。マーシーは息をのんだ。体のあらゆる細胞に火がつき、自分ではコントロールできない熱い欲望が襲ってくる。彼女は大きく目を見開いてアンドレアの官能的な唇を見つめたが、耐えきれなくなってそこに唇を押しつけていた。まだ半分だけ正気を保っている思考が、きっと後悔するわよ、と告げる。その声は、彼の白熱を思わせる激しい情熱に押し流されて消えていった。

9

雲一つない青い空から、朝の日差しがさんさんと庭に降り注いでいる。アンドレアはよどみのない身のこなしでそのまま立ちあがると、軽々とマーシーの体を抱えて歩きだした。マーシーはといえば、抗(あらが)いがたい欲望のせいで狂ったかのように、ただ彼にしがみついてその魅力的な唇に小さなキスを繰り返していた。

決然とした足どりで別荘(ヴィラ)に向かっていたアンドレアが急に立ちどまった。力強い長身に緊張が走り、マーシーを見る銀色の瞳が熱く光っている。「ベッドに行ったらもう後戻りはできないよ、僕の天使(マイ・エンジェル)。やめるなら今のうちだ」

マーシーはアンドレアに体を預けきっていたが、その言葉にショックを受け、全身を硬くした。鋭い刃のごとく、彼の言葉は陶然としていたマーシーの脳裏に切りこんできた。

中庭は暑いにもかかわらず、骨まで凍るような悪寒が走り、めまいさえしてきた。私は何をしようとしていたのだろう。一瞬の気の迷いに惑わされて、これまで守ってきた信念を捨てようとしていた。

アンドレアが魅力的な唇を閉じたままでいたら……何も言わずにいたら、今も頭が霧に包まれたような状態でいて、体の求めるまま彼にすがっていただろう。でも、その結果は？ 手ひどく傷つき、たぶんこの先一生、虚しさを噛みしめることになったはずだ。

「私、将来を考えていない方とベッドをともにはできません」やっとマーシーは言った。その言葉はアンドレアにというより、ルールを忘れかけていた自分に向けられたものだった。さっきまで彼の絹のような髪に差しこんでいた手が、今は拒むように彼の胸を押しやっている。「下ろしてください」

アンドレアは黙って静かにマーシーを地面に下ろしたが、頬骨のあたりが引きつっているのがわかった。その動作は唐突だったし、瞳も寒々としている。マーシーはどうしていいかわからなかった。恥ずかしい。男性をその気にさせておいて土壇場で逃げだすなんて、卑しい俗悪な女になった気がする。

自衛本能はちゃんとあるはずだし、何よりあんなに自分を戒めていた。なのに、私は彼に触れられただけで理性をかなぐりすて、体を差しだした。

アンドレアは差しだされたものを受け取っただけなのだから、彼を非難するのはお門違いだ。そもそも彼は、本気で女性とつきあう気はないと公言している。女性が欲しければ手に入れるが、飽きたら別れる主義だと私にもはっきり言った。それがわかっていながら、私は積極的に彼に応じた。

そう、こんなことになったのは私のせいだわ。マーシーは彼に心から謝りたいと思った。必要ならひれ伏して許しを請い、気持ちをわかってもらいたい。嫌わないでほしい、と頼みたかった。だがそう口にしかけたとき、アンドレアの名を呼ぶ女性の声が静かな中庭に鋭く響き渡った。

「母さん(マードレ)」

アンドレアの口調は他人行儀で、活気があふれるいつもの調子とは違っていた。彼はしばらくその場で硬直していたが、やがて特にうれしくもなさそうな様子で、前庭から中庭に続くアーチ型の門に立っている、小柄ながら威厳のある女性に近づいた。

なんて悪いタイミングだろう。アンドレアの心情を察すると、マーシーはいたたまれなかった。ほんの少し前まで腕の中で悶(もだ)えていた女性からバケツで冷水を浴びせるような言葉を投げつけられたと思ったら、今度は母親だという人が突然現れるなんて。

それでもマーシーの体はまだ切なく彼を求めていた。

目を見張り、どきどきしながら、マーシーはアンドレアが女性の手をうやうやしく取って、触れるか触れないかのキスをするのを見守った。「どうしてまたわざわざ？」彼は母親に尋ねた。

「クリスマスに電話がかかって以来、一度も連絡がないし、ロンドンの家にもローマの家にもいないからソニーヴァに連絡してみたの。そうしたら、あなたに休暇をもらったと言うから」

アンドレアの母親は、なんの感情も宿していないように見える灰色の瞳をマーシーにちらりと向けた。どこまで彼女に見られていたのだろうとマーシーは思った。冷たい、見下したような表情からすると、全部見られていたに違いない。

シニョーラ・パスカーリの怒りは息子にも向けられているようだった。「急に休んでいいと言われたので、ソニーヴァはおかしいと思ってあちこちに連絡したようよ。そしてあなたがここに女性を連れてきているのを知った」困惑して赤くなっているマーシーを見る彼女の貴族的な顔に、かすかな戸惑いが走った。「紹介してくれないの？」

アンドレアはそっけない口調でマーシーを紹介した。だが、家政婦だということは言わなかった。息子が使用人とたわむれていたと知ったら、厳しい、妥協を許しそうもない母親が怒りだすとわかっているからだわ、とマーシーは考えた。

そのとき、中庭に足を踏みいれたシニョーラ・パスカーリが突然足を止め、シルクのスーツに包まれた胸に手を当ててぐらりとよろめいた。顔が真っ青で呼吸が荒い。アンドレアがあわてて走りより、肘に手をかけて体を支える。「疲れたんでしょう。暑い中を動いたから。さあ、こっちに座って」

「大丈夫よ」彼女は乱暴に息子の手を払い、威厳を保って自力で椅子まで歩いていった。「運転手に頼んで連れてきてもらったのは、一週間後に心臓手術をすることになったのをあなたに伝えたかったからよ。ペースメーカーを入れるの。ただ一人の身内であるあなたには知らせておくべきだと思って」

アンドレアは傍目（はため）にもわかるほど蒼白（そうはく）になり、木陰に椅子を運んでそこに母を座らせた。「どうして具合が悪いのを僕に黙っていたんですか？」

「忙しく遊びまわっているあなたに話したって、しかたがないでしょう」

アンドレアは鋭く息を吸いこむと、母の非難の言葉を無視して言った。「医者の名前を教えてください。直接話をしたいから」

マーシーはアンドレアと母親の関係にショックを受け、そっとその場を離れてヴィラに戻った。彼の家族に関しては、父親が数年前に亡くなったことと、祖父がシニカルなアドバイスをしたことしか知らない。だが、マーシーと両親の関係とはまったく違い、アンドレアと母親は激しく反目しあっているように見える。

とにかく、互いにせめぎあうような会話がシニョーラ・パスカーリの体によくないことだけは確かだ。

マーシーはキッチンに行くと冷蔵庫からミネラルウオーターを取りだして氷の入ったグラスに注ぎ、急いで中庭に戻った。今のシニョーラ・パスカーリに必要なのはエネルギーを消耗させる無駄な言いあいではなく、優しく世話をしてもらうことだ。

「これを飲んだら少しは暑さが和らぎますわ」マーシーはやせ細った手にグラスを持たせると、そっと言った。病人には元気づける言葉が何よりの薬だ。そう信じているマーシーは、励ますように続けた。「ほら、さっきよりもう顔色がよくなりましたもの」

シニョーラ・パスカーリは、驚いたように片方の眉を持ちあげたあと、そっけない口調で言った。

「ありがとう(グラツィエ)」

「母は今夜ここに泊まる」アンドレアはつかの間の勝利を得た男が見せる顔をしていた。「運転手のルッカはソニーヴァの家に泊めてもらえるように手配してくる」

結局マーシーは彼の母親と二人きり、向かいあって腰を下ろすことになった。「あの、お部屋を整えてきますから、お休みください。遠くからいらしたんですか?」

「ここから百キロくらいよ」

冷たい口ぶりだったがマーシーはそれについては考えないようにして、マイルに直すとどのくらいかしら、と頭の中で計算した。「でしたら、ゆっくり休まれないと。息子さんに直接手術のことを話すためにいらっしゃったんですね。きっと感謝なさっていると思います。だって、電話でもすむのにわざわざそのためにいらしたんですもの」

とげとげしい雰囲気を無視して、マーシーは優しくアンドレアの母に接した。母子は一見すると気持ちがすれ違っているように見えるけれど、そっけない態度をとってはいても彼女が息子を愛していることがよくわかったからだ。そうでなければ具合が悪いのにわざわざ手術のことを話しに来るはずがない。

「何かあったときに愛している人に頼りたいと思うのは当たり前ですわ。さぞご心配でしょうね」きっとシニョーラ・パスカーリは、手術をしたら死ぬかもしれないと思っているのだろう。だから息子に会いに来たのだ。お気の毒に。「不安になられるのは当然ですわ。でもペースメーカーを入れる手術は成功率が高いと聞いています。今は技術もすばらしく進んでいますし」

「うちの家政婦が慈悲深い天使ぶりを発揮しているようですね」後ろで声がした。「彼女はとてもいい看護師なんですよ。僕が経験ずみです」

マーシーはアンドレアを思いっきり引っぱたきたくなった。アンドレアは私に、彼がインフルエンザにかかったとき私がどう振る舞ったか、思いださせるつもりなのだ。いったいどういうつもりなのだろう。息子が使用人と親しくなっているのを知ったら、シニョーラ・パスカーリはかんかんに怒りだすわ。

もちろんあえて自分の立場を隠すつもりはない。でも、余計なことを言ってシニョーラ・パスカーリを動揺させないほうがいいに決まっている。なぜわざわざそんなことを言うの?

肩越しに後ろを見ると、魅力たっぷりの微笑が自分に向けられていた。マーシーは体が熱くなり、まごついてあわてて視線を戻した。胃がひっくり返りそうだ。彼女は立ちあがると震える声で言った。

「お部屋の用意をしてきますわ。それと、何か昼食も」そして、その場から逃げだした。

マーシーはアンドレアの母親が使う部屋に、中庭に面した部屋を選んだ。細長い大きな窓にかかった紗のカーテンが、ハーブの香りを乗せた風にはためいている。

ラベンダーの匂いがするのりのきいたシーツをベッドにかけ、付属のバスルームに新しいタオルと石鹸を置き、ベッドサイドには氷水を用意する。

それ以上そこで時間をつぶす口実がないので、マーシーは恐る恐る階下に下りていった。朝起こったことや、自分がどれほど激しく彼に応じたかを思いだすたびに、困惑で身が縮む思いだ。自ら相手を誘っておいて、いざとなったら前世紀の遺物の臆病な乙女さながらにおびえて逃げだしたのだ。アンドレアに恨まれてもしかたがない。

見るからに貴族的な彼の母親に、ハンサムで金持ちな息子と、しがない使用人の熱烈なシーンを目撃されてしまったことが、マーシーの居心地の悪さに拍車をかけていた。玉の輿を望んで金持ちの雇主に色目を使う節操のない女だと思われているだろうか。

まさか二十一世紀の今、そんなふうに考える人はいないだろうとも思うが、それはただの希望的観測かもしれない。マーシーは背筋を伸ばして、農家の台所の雰囲気を模した大きなキッチンに入り、昼食用にサーモンサラダを作りはじめた。食堂にはエアコンを入れ、時間をかけて丁寧に二人分のセッティングをする。

マーシー自身はキッチンで食べるつもりだった。パスカーリ親子にはゆっくりと、そしてできればさっきのようにぴりぴりせずに仲良く話しあってほしかった。

できるだけ穏やかな笑みを顔に張りつけ、二人が非難しあっていないことを祈りつつ、マーシーはどきどきしながら中庭に戻った。せっかく昼食ができたと言いに行ったのに、そこには誰もいなかった。

喪失感に襲われ、マーシーは急に不安になった。

もしかしたら私は、いつもどおりに生々しい性的魅力を漂わすアンドレアを見たいと願っていたのだろうか。いまだにそんな期待を抱いているのだとしたら、本当に困ったことだわ。

今朝、私がとった振る舞いを思えば、彼は二度と私にかかわりたくないと思っているに違いない。それも当然だ。私はアンドレアが気軽な気持ちでつきあっては別れてきたような、刺激的な美人でもない。

これからはまた以前のようにミス・ハワードと呼ばれて、いてもいなくても気にならない存在に逆戻りするのだ。そして彼は恋人を探すだろう。

それもこれも、元はといえば私がいけないのだ。気持ちを抑えられなかった自分を呪いながら、マーシーは親子を捜すためにヴィラの中に戻った。

外は暑いのでアンドレアは母親を居間に連れていったのだろう。彼がよろけかけた母に駆けよったことと、心臓手術と聞いて青ざめた様子をマーシーは思いだした。そしてシニョーラ・パスカーリが息子の差しのべる手を振りはらったことも。

突然現れた母親をアンドレアは冷たく迎えたが、それはたぶん、見られたくない場面を目撃されたのと、彼がいらだっていたのが原因だろう。その証拠に、手術の話を聞くと彼は急に心配そうな顔になった。助けようと差しのべた手を母親に拒絶されて、アンドレアはどんなに傷ついただろう。

彼の気持ちを察し、マーシーは胸がよじれる思いだった。青とクリーム色を基調にしたエレガントな居間に入っていくと、シニョーラ・パスカーリだけがブルーと金の布が張られたアームチェアにちょこんと浅く腰かけていた。

マーシーは急に、アンドレアに母親としての愛情を示そうとしない、かたくなで冷たい女性に嫌悪感を覚えた。しかし、その感情を押し殺して無理にこわばった微笑を作り、できるだけ明るく言った。

「食堂に簡単なランチの用意ができています。シニョール・パスカーリはどちらに?」

アンドレアの母親が立ちあがった。灰色の絹のスカートの優美なひだが足元に流れ落ちる。「私に遠慮してそんな呼び方をする必要はありませんよ」

面白がってでもいるような灰色の瞳に見つめられて、マーシーは赤くなった。息子の瞳によく似てはいるけれど、そこには彼の持つ生き生きとした活力はなかった。

「アンドレアは私の主治医に電話をかけると言い張って、しかもどうしても今からナポリに行って私のことで話をすると言って出ていきましたよ。せっかちなこと。生まれたときから頑固で、身勝手なんだから! 手を貸してくださいな。お食事は二人で食べましょう。一人では食べる気になれないわ」

マーシーはアンドレアに対する非難に腹を立て、頬を染めた。とても一緒に食事をする気になどなれないけれど、体の具合が悪い彼女を気遣って腕を貸す。せめてもの腹いせに彼女は冷たい口調で言った。

「シニョーラ、息子さんは思いやりがないからそうなさったのではないと思います。心配だからご自分でお医者様に会わずにはいられなかったんですわ。それに創造力のある方は短気なものです」

「ずいぶん息子をかばうのね。いいことだけど」小柄な老女は小さく笑った。「そうそう、私のことはクラウディアと呼んでちょうだい」彼女はテーブルに目を向けた。「まあ、おいしそうなサラダ。あなたほど有能な家政婦はいないと、息子は言っていましたよ」

シニョーラ・パスカーリが席につくと、マーシーは彼女の前にクリスタルのボウルを差しだした。サーモンと海老(えび)、アボカドとプチトマトが、ドレッシングで和(あ)えたレタスにのせられている。クラウディアの言葉が本当なら、アンドレアはすぐには私をくびにしないつもりかもしれない、とマーシーは思った。

それは必ずしもいいニュースとはいえない。

家政婦の仕事をくびになり、二度と彼に会えなくなったらとても傷つくだろう。けれど、このまま彼への思いを引きずりながらそばに仕えるよりましかもしれない。そんなことを続けていたら肉体が求めるまま彼と関係を持ち、飽きっぽいと自身で認めている彼に捨てられるだろう。

アンドレアのことは愛しているが、彼との間には展望などない。心を強くして、ロンドンに戻ったらすぐに辞職し、二度と彼に会わないようにしよう。それが私自身のためだわ。高給を失うのはジェームズにとっても気の毒だけれど、今度ばかりは自分の都合を優先しないわけにはいかない。

「ナポリに発つまでの短い間に、あなたのことをいろいろ聞きましたよ。いいえ、私が話させたのだけれど」思い悩むマーシーの耳に、クラウディアの冷静な声が聞こえた。「病気になったおかげで、やっと口の堅い息子の本音を聞けたわ」

「いろいろ、ですか？」マーシーは用心深くフォークを皿に置いた。彼は何を言ったのだろう。

「まあ、言わないこともたくさんあるのでしょうけど」クラウディアは海老をフォークに突き刺して初めて笑った。「育った環境とか、性格とか。これまで息子が情事を重ねてきた女性とは違うのだと、よくわかりました。あら……」彼女はやせ細った手を振った。「もちろん誰にも会ったことはありませんよ。会いたくもなかったし。でも新聞や雑誌に写真が載りましたもの。そのたびに夫の目に触れさせないように苦労したわ。アルドはそうでなくとも一人息子に失望していましたからね。私は毎晩、早くアンドレアがちゃんとした女性に巡りあうようにお祈りしていたんですよ。愛情があって、常識をわきまえていて、あの子を家庭に落ち着かせてくれるような結婚相手に」

マーシーはヒステリックな笑いを噛み殺した。まともな女性なら、アンドレアを家に押しこめようとは思わないだろう。彼を変えたいなどと考えるはずがない。気まぐれな性格も、体じゅうに満ちている生命力も、一心不乱になるあまりだらしがないところも、浪費癖も、みんなひっくるめて好きになるはずだ。そもそもアンドレアが結婚するわけがない。少なくとも当分の間は……。そこまで考えると笑いは消え、胃がむかむかしてきた。マーシーはランチを食べなければよかったと後悔した。

マーシーが動揺していることには気づいていないらしく、クラウディアはフォークを置き、麻のナプキンで上品に口元をぬぐった。「少なくとも、息子が多少の分別を身につけつつあると私は思っているんですよ。あなたはまっとうな女性だわ。何かあるとすぐ顔を赤らめるのは繊細で妙な駆け引きをしていない証拠よ。お料理も上手だし。ええ、息子から聞きましたよ。このサラダもとてもおいしかった。お金や社会的な地位はないかもしれないけれど、牧師さんの堅実な家庭できちんと育てられたそうね。家事もちゃんとこなすし、常識もある……」クラウディアは形のいい弓なりの眉を上げた。「家計に無駄が多いと息子を叱ってくださったそうね。ともかく、私は何も言わずに、期待して見ているつもりですよ。さてと、お部屋はどこを使えばいいの？」

マーシーはアンドレアの母親に対して言いたかった言葉をのみこんだ。彼は結婚する気などまるっきりないし、もしするとしたら金持ちの女性しか相手にしないのだと。金持ちであればどんなに見た目が悪くとも構わないのだと。

マーシーはクラウディアを気の毒に思った。せめてしばらくは夢を見させてあげよう。母親としての夢がどんなに現実とはかけ離れているかに気づくのは、手術を終えて元気になってからでいい。せめて今は何も言わずにいよう。

それでも寝室のドアを開けながら、マーシーは言わずにはいられなかった。「アンドレアはそんなにどうしようもない方じゃありませんわ。いろいろな分野の人たちから尊敬されていますし。ご自分でもそう思われているんじゃありませんか。だからこそわざわざここまで話しにいらしたのでしょう。素直に愛情を態度で示されたらいかがですか。ありのままの彼を受けとめてあげてください。そして彼のことを誇りに思ってあげてください」

クラウディア・パスカーリの世話をするのは、わがままな子どもの世話をするのと皇族に仕えるのとを合わせたほど難しい仕事だ。そう思いながらその夜遅く、マーシーは居間の椅子に腰を下ろした。そこでアンドレアの帰りを待つつもりだった。

アンドレアが戻ったら、今朝自分がとった許しがたい行動を謝らなければ。でも、どう話したらいいのだろう。下手をしたら余計に彼を怒らせる結果になるかもしれない。胸を騒がせる不安を忘れようと、マーシーは一日の出来事を改めて思い返してみた。

クラウディアは短い昼寝から目覚めると、中庭のハーブに水をやるようにマーシーに命じ、それが終わると紙と筆記用具を持ってこさせた。

〝十分後に運転手が来るから、町に買い物に行ってくださいね。必要なものはここに書きだしたから。今夜泊まるつもりはなかったから、何も持ってこなかったの〟

マーシーは午後の暑さの中、人ごみをかき分けて町中を歩く羽目になった。手にしたリストには、一晩泊まるのに必要な驚くほどたくさんの品々が細かく記されていた。戻ったとたんにオレンジジュースを絞ってほしいと頼まれ、それが終わると散歩のつき添いを仰せつかった。

もっともそれは口実だったらしく、散歩の間マーシーはまるで尋問されるように質問攻めにあった。彼女はできるだけ正直に答えた。育った環境のこと、両親のこと、あまり定かではない祖父母のこと。はては性に寛大な今の風潮をどう思うか、とか、子どもは欲しいか、といった質問に至るまで。

それが終わると夕食についての指示があった。クラウディアは堅苦しいのは好きではないからキッチンのテーブルで食事をとりたいと言い張った。

夕食の準備はまた一苦労だった。クラウディアはありとあらゆるメニューを思いついては口にし、さんざん考えたあげくにオムレッとサラダ、というシンプルな食事と、新鮮なフルーツを小さく刻んだデザートに行きついた。

しかもオムレツが金色にふんわりと焼きあがったとたんに、彼女はマーシーにおごそかに申し渡した。

〝なんだか急に疲れたわ。アンドレアの帰りを待たずにやすむことにしましょう。あの子が勝手にナポリまで出かけていったのですからね。待つ必要はないわ。話は明日の朝、出発する前にすればいいわね〟それまで椅子に腰かけて、じっとマーシーの仕事ぶりを観察していたクラウディアは、またわがまな注文を出した。〝三十分たったら食事を部屋に持ってきてくださいな。それまでにあなたが買ってきてくれたものを開けて中を見ておくから。食事をしたらすぐにやすみます〟

三十分も置いたらオムレツは固くなってしまうに決まっている。三十分後に食べごろになるように、もう一度作り直せということらしい。

ある意味でアンドレアはクラウディアにそっくりだと思いながら、マーシーは言いつけられたとおり、三十分後にオムレツを持って部屋に上がっていった。部屋の中には破りすてた包装紙や紙袋、薄紙や箱が散乱していた。このナイトドレスは気に入ったけれど、ガウンのほうは袖(そで)が長すぎるとか、歯ブラシが固すぎるとか、ナイトクリームはとてもよかったとか、ひとしきりまたクラウディアの話が続いた。

そしてへとへとに疲れたマーシーは、今やっとこうして体を休め、アンドレアを待っているというわけだ。時間がたつほどに不安が増していく。暖炉の上に置かれた時計に、何度も視線が向いた。

どう言えば以前のような、生活を陰で支える家政婦とそれを喜んでくれる雇主という関係を取り戻せるだろう。

たとえそれができたとしても、そのあとはどうなるだろうか。

たぶんアンドレアは昔の彼に戻り、私に目もくれなくなる。彼をその気にさせておいて土壇場で断ったいやな女だと思うか、どうしようもなく純情ぶった女だと思うか……どちらにしても、もう性の対象として見たりはしないだろう。私に少しでも気があったことなど忘れて、セクシーな女性に手を伸ばすわ。遊び慣れていて、結婚したいなどと口にしない女性に。

そして私は？　そうなってもこのまま彼のもとで働き、毎日顔を合わせることに耐えられるだろうか。彼をひそかに愛していながら……。

神経がぷつりと切れてしまいそうだった。マーシーは椅子から勢いよく立ちあがり、気を静めるためにキッチンの床を磨きはじめた。

膝をついて働いていると、窓の外が明るく照らされるのがわかった。誰かが外灯をつけたのだ。

アンドレア？

心臓が喉から飛びでそうになって、次にはずんと沈みこんだ。私はどうすればいいのだろう？

10

思いきって本心を打ち明けてしまおうか？

マーシーは子どものときから嘘やごまかしが嫌いで、なんでも正直に言ってきた。

あなたを愛しています、と告白する？　でも、そうしたところで〝二十一世紀の失恋の女王〟のタイトルがもらえるだけだろう。

やっぱり言えない！

掃除を終えたマーシーは、うろたえ、顔をほてらせながら、熱い石鹸水が入った重いバケツを持ちあげ、外の下水に流そうとした。アンドレアに夢中になり、こんなふうにもやもやしていたことを示す証拠を抹消したかった。

たくましい手が突然マーシーを支えた。触れられた部分が燃えるように熱くなったが、彼に妙な意図がないことははっきりしていた。見たこともないほど厳しい顔つきをしていたからだ。

私が気持ちを告白したら、きっとばかにして大笑いされるだけだわ。

だが今夜のアンドレアは、笑う余裕すらないようだった。彼はマーシーの手からバケツを取りあげて中身を捨て、音をたててそれを置くと大股でキッチンに入っていき、食料を入れてある棚の前に立った。

ブランデーの瓶を取りだしてグラスに注ぎ、ボトルをマーシーの方に傾けてみせる。「君は？」

マーシーは言葉もなく首を振った。今、強いお酒など飲んだら、わずかに残っている思考力さえ失ってしまうに違いない。

「そうか。少しつきあってくれないか。母は寝たんだろう？」返事を待たずに続ける。「一人になりたくないんだ」

アンドレアのまなざしは不安げで、表情はこわばっていた。彼は瓶を棚に戻し、グラスを手に居間に行った。マーシーは一瞬ためらったが、すぐにあとを追った。

そばにいてほしいと言うからには、今朝あんな形で私が逃げだしたことをそれほど怒ってはいないらしい。戻ってくるなり、返事に困る質問や、僕をその気にさせておいてなぜ逃げた、という非難を浴びせられるのをマーシーは覚悟していた。たぶん軽蔑をこめてののしられると思っていた。でもそうなったとしても、彼を愛しているから、自分がしたことを謝りたいと思っていた。

そこまで考えたマーシーは、思いつく限りの悪態を心の中で自分に次々に投げつけた。死んだ両親が聞いたらぎょっとするに違いない。

どうしてこんなにも自己中心的になれるの？　うぬぼれるのもいいかげんにしなさい！

私のほうはあの出来事を考えるだけで恥ずかしくなり、後悔の念に襲われて気分さえ悪くなってくる。けれど、彼のほうはきっと忘れてしまったのだ。取るに足らないこととしてさっさと自分の中で片をつけたのだろう。彼にとって私は、きっと以前の家政婦に戻ってしまったのだわ。家事をさせるために雇った使用人に。無理難題にも、気まぐれにも応じてくれる便利なお手伝いに。今の彼には母親の容態のことしか考えられないに違いない。私をそばに置いておきたいのも、何かを持ってこさせたり、食べ物を作らせたりしたいから。それだけよ。

アンドレアはクリーム色のソファに腰かけていた。艶やかな頭をうつむけて空になったグラスを軽く手でもてあそんでいる。いつも元気で自信過剰に見えるアンドレア・パスカーリがこんなにしょんぼりした様子を見せたのは初めてのことだった。

マーシーの瞳が陰った。彼を抱きしめて、心配しないで、と慰めてあげたくなったが、彼は自分との身体的な接触を求めてはいないだろうと思い直した。

　そこで用心深く少し距離を置いて彼の隣に座り、優しく尋ねた。「お医者様に会ったのでしょう？　どうでした？」もしかしてよくないことを言われたのだろうかと、マーシーは息をのんだ。そうでなかったらどうしてこんなにやつれ、疲れきった表情でいるのだろうか。

　アンドレアは横目でマーシーを見た。濃い眉に黒い髪が一房かかっている。マーシーは手を伸ばしてそれをかきあげてあげたい衝動に駆られた。だが、うずうずして勝手に動きたがっている手を固くこぶしに握って、膝に置いた。

「ああ。手術をすれば大丈夫だと言われた。でもリスクは常にあるからね」

「私だったらそう考えないようにしますけど」マーシーは慰めた。「いい方向に考えないと」

「しかし僕は君じゃない。違うかい？」アンドレアは噛(か)みつくように言うと、きっと頭を上げた。銀色の瞳に突然、激しい軽蔑の色が宿った。「僕は両親の自慢の子でもなければ、殊勝な息子でもない。君は僕と違って親のお気に入りで、一度も親に心配をかけたことなんかないんだろうな」彼はその告白でエネルギーを使い果たしてしまったかのようにクッションにもたれかかると、ため息をついた。「君にはわからないんだ」

　マーシーは眉間(みけん)にしわを寄せた。どうやらアンドレアはよほど悩んでいるらしい。だが、今の言葉がどういう意味なのかよく理解できず、彼女はおずおずと尋ねた。「だったらわかるように話してください」

　急にわいてきたエネルギーを持て余したように、彼はすっくと立ちあがり、乱れている髪をさらにかきむしった。いかにも彼らしい仕草だった。「わからせる？　君に何がわかるんだ」

　アンドレアは目を細め、無邪気に見開かれた青い目、ふっくらとした曲線を描く唇を射るように見た。彼は口を固く結んで吐きすてた。

「幼いときから両親の期待にそえなかった人間の気持ちがわかるかい？　人生でも、仕事の上でも、父に認めてもらえることを何一つ実現できないうちに、父は死んでしまった。同じように、一度も喜ばせてあげられないうちに母まで失うかと思うとたまらないんだ。わかったかい？」

「わかりません」マーシーはためらいがちに言い、彼の片手に自分の手をのせた。傷ついた彼の姿を見ていられなかった。「あなたに失望を感じる人がいるかしら。私があなたの母親だったら、きっととても誇りに思うわ」

　思いがけず彼が笑顔を向けてきたので、マーシーは動揺した。「もし僕が君の息子だったら、僕はがっかりしただろうな」手の下にあった彼の手が動き、指をからめてきた。彼が何を言おうとしているかは明らかだった。マーシーはうろたえ、頭が急に働かなくなった。なぜこんなに急に彼の気分が変わったのかが理解できなかった。どうしてまた私をからかうのだろう。今朝あんなことがあったあとなのに、おかしいわ。

　困惑しているマーシーの瞳をのぞきこんで、アンドレアは謝った。「さっきはごめん。君に八つ当たりするべきじゃなかった」手に力がこめられる。「うちは代々弁護士の家系なんだ。父は有名な弁護士だった。謹厳で、真面目で、頭が切れて、形式ばった人間だった。僕は当然家業を継ぐことを期待されていた。ところが僕は、まったく違うことをしたかった」彼はしかたがないと言いたげに肩をすくめた。「僕にはやりたいことがあった。だから真っすぐにその道を行った」

「そうして、大きな成功を収めたわ」マーシーは必死で落ち着きを取り戻そうとしながら、子どもが自分で決めた道を歩むのを喜ばず、支配下に置こうとする親などいるだろうかと考えた。「それは理解してもらえたのでしょう？」

アンドレアは首を振った。「両親は僕の派手な生活ぶりしか見なかった。高級車に乗り、好ましいとは思えない女性たちとつきあい、両親に言わせると騒々しい世俗的な職業を選んだ、とね。もっと堅実な、僕にとっては退屈な道を選び、家庭を築くことを望んでいるんだ。耳にたこができるほど同じ話を聞かされたよ。それでだんだん親を敬遠するようになった」苦い後悔に表情がゆがんだ。「だが両親が望んだ人生の設計図を拒んだからといって、両親を拒んだわけではないことを理解してもらえるように、もっと努力するべきだった」

マーシーは心の中で、不必要な罪悪感をアンドレアに植えつけた彼の両親に腹を立てた。しかし、それを口にするよりもアンドレアを慰めてあげたい気持ちのほうが強かった。

マーシーは空いているほうの手を彼の頬骨とその下のくぼみに置くと、優しく慰めた。「まだ時間はあるわ。手術をしてお母様がよくなるまで待たなくても、その前にだって。お母様はあなたをとても愛していらっしゃるわ。そうでなかったら手術のことを知らせにわざわざここまでいらっしゃらないもの。気持ちを正直に出すのが苦手なのかもしれないけれど、母親の愛情はしきたりとか伝統なんか気にならないほど大きいわ。心を開いて今私に言ったことをそのままお母様に話してみたら？　考え方が違っても、ご両親を否定しているわけではないって」

「君はきっと完璧な母親になれるよ」アンドレアは慰めようとしたマーシーの手を取り、その甲に唇を押しつけ、彼女を当惑させた。

「やめて」マーシーは息をするのも苦しくなって、かすれた声で懇願した。

「だめ？」黒い眉の片方が上がった。唇が、脈が乱れて跳ねまわっているマーシーの手首の内側に移動する。マーシーは声も出せなかったが、頭だけは忙しく動いていた。アンドレアに必要なのは愛情と温かい思いやりだ。そう思うとますます彼がいとしい。

アンドレアは自由な生き方を認めない厳格な両親に育てられ、祖父からはシニカルなアドバイスをされてきた。彼は一度も惜しみない愛を与えられたことがないのだ。だから、どうやって人に豊かな愛を注げばいいのかわからないのだ。

胸がつまり、マーシーは衝動的に、下を向いている彼の頭のてっぺんにキスをした。相手が彼だからというわけではなく、ただ気の毒な人を慰めるためにした行為なのだが、彼の反応はまったく違った。

アンドレアは顔を上げ、腕を伸ばした。マーシーを抱きよせて体に押しつけながら、飢えたようにキスを求めてくる。彼の喉の奥で低い声がもれた。

マーシーは激しく震え、何を考える余裕もなく本能的に彼の激しい情熱に応じた。骨まで溶けてしまいそうだった。

愛している男性が温かい抱擁を求めているときに、どうして拒めるだろうか。今までも、これからも愛しつづける人なのに。将来なんかどうなっても構わない。私はわがままで意気地なしになっていた。充分に考えることを拒んで、危険があるかもしれないと察したとたんにあわてて彼から逃げだした。でも今、彼は私を、私も彼を、必要としている。寛大になって、私があげられる愛をありったけ彼に注いであげなければ。

喜びがはじけ、溶けた溶岩のように広がっていき、マーシーの胸を満たした。迷いはなくなり、マーシーは両腕で、唇で、全身で、彼にすがった。熱い情熱が伝わってくる彼の唇から、自分の唇を引き離す。瞳に霧がかかり、気持ちが切迫して、ささやいた言葉は不明瞭だった。「私を抱いて、アンドレア」

アンドレアの引きしまった体が動きを止めた。彼は深い息を吐くとマーシーの首筋に顔をうずめる。敏感な肌に彼の唇が甘くゆっくりとはった。「君が欲しくてどうしようもないんだ、僕の天使。本当にどうしたらいいかわからないほどだ」

彼の手が巧みに胸元の布地を分け、ふくらみをあらわにした。マーシーはクッションにのけぞった。唇が胸に押しつけられると背筋を快感が走る。

身をよじり、愛撫に酔い、体を燃え立たせながら、マーシーは自分が強い腕に抱えあげられ、ベッドに運ばれたことにも気づかずにいた。ただ彼が体を起こしたとき、彼と離れたくなくて必死にしがみついていたことだけを覚えている。

「もう少し辛抱して」彼の口元にかすかな微笑が浮かび、瞳が黒みを増した。その瞳を隠すように伏せられた長いまつげが官能的だ。ゆっくりとシャツのボタンを外す彼の手がわずかに震えているのにマーシーは気づいた。「長い間この瞬間を待っていた。未経験のティーンエイジャーみたいに焦ってはいけないな」シャツが床に落ちる。「今から僕らが共有するものは、この上なく優美でなければならない」

マーシーは焦点がぼやけていく目を凝らして、彼の上半身を見つめた。完璧ですばらしい筋肉質の体を、滑らかなブロンズ色の肌を、脳裏に焼きつけておきたい。将来、思い出の箱から取りだして、この時間をひそやかに再生できるように。愛するたった一人の男性に惜しみなくすべてを捧げた行為の美しさを思いだせるように。

マーシーは彼が服を脱がせやすいように腰を持ちあげた。息を殺し、胸をどきどきさせながら、小さな最後の下着を彼が取り去るのを許す。

すすり泣くようなあえぎがもれた。目と目が合い、彼の手が震える腿に伸び、さらに進んできた。耐えがたいほどの喜びがひたひたとわいてくる。体が燃えあがり、そのまま死んでしまうかと思った。

そのとき、アンドレアが横に座り、マーシーを抱きよせて優しく揺すった。彼の吐息が羽毛のように頬をそっとくすぐる。「ゆっくりだよ、マーシー。時間はたくさんある。君のために完璧なものにしたいんだ。一生忘れられないような、すばらしい時間を君にあげたい。約束するよ」

もちろん、忘れるはずはない。こんなにも完璧ですばらしいことが忘れられるだろうか。

だが目が覚めると、予想どおりマーシーはひとりぼっちだった。彼女は乱れた大きなベッドを見渡し、キスで腫れた唇をそっとなぞった。

後悔はないわ、と心の中でつぶやく。アンドレアに抱かれたのは彼を愛しているから。彼が私を求めていたからだ。そして私には一生大切にできる思い出が残された。

でもアンドレアが私を抱いたのは、女性の体に慰めてもらう必要があったから。そしてそこに私がいて、喜んで彼の相手になったから。私は今までの女性たちと同様、じきに忘れられるだろう。彼にとってすばらしいベッドでの行為は、女性に与えることができない愛の代用品なのだ。

それはわかっていた。わかっていて受けいれた。だから今になってみっともなくすがったりはしない。与えてはもらえない愛を彼に望み、懇願したりはしない。

それなのにアンドレアが部屋に入ってくると、心臓が一回転するようなショックがマーシーを襲った。彼は決まりが悪そうな様子もなく、堂々としていた。

額には髪が垂れ、紺のオープンネックの袖なしのシャツと腰から落ちそうなデニムのジーンズ姿だ。

口の中がからからに乾いているのが恥ずかしくて、マーシーは急いで唾をのんだ。「寝坊してしまったわ。何時かしら?」できるだけ平静を装って彼女は言った。ゆうべのことはなんでもなかったと思っているように見えるだろうか。与えられる以上のものを欲しがって、彼にすがりつこうとしている女には見えないだろうか。

「ゆっくりでいい。時間はあるから」彼は少し足を開いてポケットに手を突っこんでいた。瞳に何か考え深げな表情が浮かんでいる。「ゆうべ言い忘れていたことがある。医者と話をした結果、母の手術は明後日になった。どうせなら僕がイタリアにいる間のほうがいいからね。運転手のルッカが今朝母を連れていく。母は僕の運転を信用していないんだ」彼は苦笑した。「だから僕はあとからついていく。母が回復するまでは一緒にいるつもりだ。退院したら看護師を雇って家で養生させる。たった今、朝食を持っていってその話をしてきた」

困惑と驚きで、胸がむかむかした。彼はさっそく私の前から消えるつもりなんだわ。クラウディアの看病に私が入る余地はない。

本当に気分が悪くなり、吐き気すらしてきた。だめよ、ぐちは言わずに状況を受けいれようと決めたばかりなのに。マーシーは枕にもたれて身を起こしたが、何も着ていないのを思いだしてあわててシーツを顎まで引っ張りあげた。

「お母様はなんて?」手術が早まってうろたえていなければいいけど。そう思いつつマーシーはきいた。アンドレアは今さら恥ずかしがるのはおかしいと言いたげに、マーシーに片方の眉を持ちあげてみせた。

「喜んでいるよ。それからマーシー、君が言ったように母にちゃんと話してみるよ。ありがとう」彼の声の調子が優しくなった。「父とは結局わかりあえないままだった。同じ間違いはしたくない。たとえそれで母の態度が変わらなくても、やるだけのことはやるよ」

「わかってくださるに決まっているわ」マーシーはきっぱりと言いつつ、シーツの下で幸運を祈るように指を重ねた。きっとクラウディアはアンドレアの考え方を理解するだろう。四角いものを丸い穴に押しこめようとしても無理だということが。そして息子が成し遂げたことを自慢に思うようになるはずだ。

一瞬、アンドレアが身じろぎしたのを見て、マーシーは彼が近づいてくるのではないかと胸を高鳴らせた。しかし彼は動きを止めると肩を少しこわばらせて言った。「一時間したら家政婦のソニーヴァが来ることになっている。あとで彼女の夫で運転手をしているジャンニが君を空港まで送っていくから、午前中の便でロンドンに帰ってくれ。チケットは窓口で受け取れるようにしておいた」彼は腕時計をせわしげに見た。「僕がロンドンに戻るのは二週間先になるな。そのときにはきちんと話をしよう」

何について？　出ていく彼を見ながらマーシーは考えた。アンドレアは女性とつきあうときには必ず最初にルールを決める。つきあいはその場だけ、別れることになっても文句はなしというのが彼のルールだ。でも今さらそれを聞かされたくなかった。

ゆうべのことは生涯にたった一夜の夢のような出来事だった。一生忘れないだろう。今になって彼のルールを説明されて、思い出をけがされたくない。

マーシーは床に落ちた服を集めながらバスルームに向かった。

二週間したら彼はロンドンの家に戻る。

そのころには、私はとっくにいなくなっているだろう。

ほかに道はなかった。

11

アンドレアは軽い足どりで病院から出てきた。母の手術は成功だった。術後の回復も順調で顔色はすっかりよくなった。もう心配はいらないという担当医の言葉にアンドレアの胸のつかえはおり、やっと楽に呼吸ができるようになった気がした。

ナポリで泊まっているホテルまでの短い距離を、彼は雲の上を歩いているような気分で歩いた。緊張が解けたせいか、なんだか頭がふらふらする。二日間眠っていないが今夜はよく寝られるだろう。

夕暮れどきの街は、車が行き交う音や人々の朝の喧騒でにぎやかだった。クーラーがきいたスイートルームに戻るとアンドレアはほっとした。夕食に海老のグリルとワイン、それにブラックコーヒーを注文し、服を脱いでシャワーを浴びた。

明日の朝は母の枕元に座って一、二時間話をし、回復が保証されたことを教えてあげよう。入院前にも話ができてよかったが、これからはもっと母との距離を縮めていこう。

そのあとで父の死後、母が隠居して移り住んだ故郷の家に行って、同居してくれているマリアを始め使用人たちに会い、派遣看護師を雇うことにしたと話さなければ。術後しばらくは母にゆっくり休んでほしい。僕はロンドンに戻らなければいけないし、そばにいてあげられないのだから。

二十分後、アンドレアは食べるのをやめて二杯目のワインを注いでいた。

また緊張が戻っていた。

マーシー。

彼女とのことを中途半端なままにしておくのはいやだった。とはいえ、母の手術の件もあり、予定が急に変わったため、どうしようもなかった。マーシーもわかってくれたはずだ。

あんなに優しく理解がある天使のような女性は初めてだ。外見だけでなく心も美しい。

痛いほどに胸がいっぱいになった。マーシーに伝えたいことはたくさんあったが、時間がなくて何も言えないまま病院に行かなければならなかった。彼はあわただしく駆けまわりながらも、母のために落ち着いて楽観的でいるふうを装った。マーシーを優しく説得している暇などとてもなかった。

何が必要だったかはわかっている。キャンドルのきらめき、柔らかな音楽、上等なワイン、そしてロマンチックなささやきと愛撫(あいぶ)。彼は、触れるたびにマーシーが息を殺し、瞳をぼうっと陰らせていたのを思いだした。


アンドレアはうめき声をあげてテーブルにグラスをたたきつけた。着ていたタオル地のガウンのポケットにこぶしを突っこんで部屋の中をうろうろと歩きだす。

どうしたらいいんだ。あの夜のことを思いだすと、もどかしさに爆発しそうだった。服を脱ぎすてたマーシーの裸身の美しさ、すがりつき、情熱をこめてキスを返してくれたあの唇。

マーシーに会いたくてたまらなかった。今ここに一緒にいてほしいと思った。でもそれは無理だ。

だが電話ならできる。

今すぐに。

彼は携帯電話に手をかけてやめた。

何を言えばいいんだ。

愛していると?

信じてくれるはずがない。僕がどんな生活をしてきたか、彼女は知っている。どんな結婚観を抱いているかも。この僕が自分で話したんだ。

だが僕は変わった。時間をかけてでもそれをわかってもらう必要がある。信じてもらえるまで何度でも話そう。僕がいなければ生きられないと彼女にも思ってもらえるまで、あきらめずに口説くんだ。

いらだちつつアンドレアはベッドに入った。寝ていないのだから睡眠を取らなければ、と思うが、そんな分別はどうでもいいという気分だった。

これまでは忍耐など無縁だったが、今後は我慢することを学ばなければいけないようだ。

近代的なデザインの照明のスイッチを切って、彼は暗闇の中で目を凝らした。

そこにマーシーの顔を見た。

誠実でかわいらしい顔。くるくるとカールした髪。野暮ったいだぶだぶの灰色の家事服を着こんで朝食をとれと説教している姿。あの服のせいで、マーシーがあれほど魅力的な肉体の持ち主だということがわからなかった。

人を引きこむような微笑。そのあどけない輝きに、僕は知らぬ間に溺れていた。不格好で宣伝に使うのにぴったりだから私を雇ったのだろう、と僕を責めたときの、驚くほど青い瞳に宿った傷ついた表情。

君は醜くない、男は見かけだけ美しいちゃらちゃらした女性より君のような子を選ぶだろう。そう言ってあげたら、マーシーは頬を染めていた。もちろん嘘を言ったわけじゃなかった。ただ、自分がなぜそう言ったか、本当の意味に気づいていなかっただけだ。ばかだった。

それがわかったのはマーシーの変身ぶりを見たショックがきっかけだった。あのときにはすぐにも彼女を抱きたいと思った。だが僕は、彼女に求めていたのはそれ以上のものだったことに、愚かにもやっと今になって気がついた。生まれて初めて愛する女性に……生涯をともにしたい、一生誠実でいたい相手に巡りあったということに。

でもマーシーはどう思っているのだろうか。

枕が床に落ちた。寝るんだ、と自分を叱(しか)るが、こんな気持ちで寝られるはずもなかった。

アンドレアはため息をついて自分に言いきかせた。彼女だって同じ気持ちに決まっている。心配することなどないさ。そういう気持ちだったから、あんなに情熱的に僕に応じたんじゃないか。平気で情事を楽しめるような女性じゃない。適当に見返りを得てすんなり去っていったこれまでの女たちとは違う。

マーシーは厳しくしつけられた牧師の娘だ。

だからこそあの朝、将来を約束しない相手とはベッドをともにできないと僕を拒んだ。そして僕は怒りと不満を覚える代わりに、胸を打たれ、いとおしさと尊敬を感じた。そのあとで気がついた。僕はまさに将来を約束した関係を望んでいると。彼女と一緒になることを。母が現れなかったら、そして手術の話を切りださなかったら、あの場でマーシーにそう告白していただろう。

アンドレアは一瞬安心した表情になったがすぐにまたしかめっ面に戻った。同じ日の夜、マーシーがとった行動を思いだしたのだ。朝のためらいはどこに消えたのか、彼女は自分から抱いてくれと僕に迫った。あれはどう解釈したらいいんだ?

アンドレアはこんなにも不安になり、自信を失ったことはなかった。

ところが今の動揺はどうだろう。彼にはその状態が耐えられなかった。

答えがわからないままにしてはおけない。母が退院して自分がロンドンに戻れるようになるまで、とても待っていられなかった。

長たらしいゲームはもうごめんだ。音楽を奏でシャンペンを捧(ささ)げて求愛ごっこなどをやっている余裕はない。

アンドレアは電気のスイッチを押した。部屋じゅうが明るくなるのに顔をしかめながら、携帯電話を取った。

今夜こそちゃんと寝なくては。そう思いつつマーシーはシンクで一人分のティーカップを洗っていた。

ロンドンに戻ってから今日で三日。あの日アンドレアが気遣いながら母親を自家用車に乗せてあげ、車に乗りこんで去っていって以来、霧のようにまつわりついていた悲しみからなんとか立ち直った。二人を見送ったあとマーシーが別荘(ヴィラ)に戻ると、ソニーヴァが自分の留守にキッチンが汚されたりしなかったか、しきりに点検していた。

二度と会えないと思うと、愛するアンドレアを見送るのは耐えられなかった。

そして今日は一日、休む間もなく働いた。歯を食いしばって、余計なことを考えたり、悲しみにふけったりしないように自分を励まし、これからの生活のために動きはじめた。安い宿を見つけ、ここを辞めてからの生活のために新しい家政婦紹介所にも登録した。これまでにもらったお金はほとんどジェームズに送金してしまったから、手持ちは乏しい。すぐに仕事を探す必要があった。

衣類はほぼバッグにつめおえた。明日は家じゅうを磨きあげたあと、新しい生活をしたいからという短い手紙を残してこの家を去るつもりだ。鍵(かぎ)は郵便受けに入れ、出ていこう。

それがいちばんいいのだ。

泣いてはいけない。絶対に泣かないわ。

いつまでもここで彼を愛しつづけ、もっと頼るようになったら、ますますつらくなる。

アンドレア・パスカーリは気まぐれで激しやすく、腰が落ち着かないプレイボーイだ。間違っても彼が私と結婚などするはずがない。

まだ私に興味があったら、これからも関係を続けようと言ってくるかもしれない。その関係は別の美しい魅力的な誰かが現れるまでは続くだろう。二週間も続いたら運がいいと思わなくては。

いちばんの問題は私がきっぱり彼を拒めないことだ。きっと弱々しく従ってしまう。そしてそのうちに精神的に彼に依存しはじめ、いつか彼の気持ちが変わって情事が生涯続く関係に変わることを、祈るような気持ちで待つようになる。心の片隅で、絶対にそうはならないと知っていながら。

浅い切れ切れの眠りに落ちるまでにもう一つしなければならないことがあった。マーシーはタオルで手を拭き、喉にこみあげてくる塊をのみ下した。今日の午後、留守番電話の赤いランプが点滅していることに気がついていた。

アンドレアだろうか？

そう思ったがメッセージを聞けないまま、荷造りに取りかかったのだった。大好きなあの声を聞いたら、ただでさえ危なっかしい精神状態がどうなってしまうか自信がなかった。もしかしたら泣きだしてしまうのではないかと思った。

でも寝る前にメッセージだけは聞かなければ。クラウディアの手術は終わっているはずだ。マーシーは悪いニュースでないことを祈った。自分の気持ちばかり先に考えてメッセージを聞かずにいたのを悪いと思いつつ、アンドレアの書斎に向かう。だが予想に反して留守番電話から聞こえてきたのは、弟の声だった。マーシーはひどくがっかりした。いかに愚かだったか思い知らされたような気がした。

「姉さん、いいニュースがあるんだ。明日の夜行ってもいいかな。姉さんにとっても、いい話なんだ。じゃあ、明日」

マーシーはため息をつき、ますます自己嫌悪に陥った。アンドレアのことしか考えていなかったから、二週間ほどイギリスを離れると弟に話すのさえ忘れていた。

たまたま早く帰ってきたからよかったものの、もし予定どおりだったら、弟は誰もいない屋敷に訪ねてくる羽目になっただろう。がっかりさせてしまったはずだ。弟が来るのだったら、ここを出ていくのを一日延ばさなければ。

それはつらい試練だった。アンドレアの家で過ごし、彼が触れたものに触れ、歩いたところを歩けば、そのたびに彼を思いだして心が痛くなる。

この部屋で最初にアンドレアに会ったときのことを思いだす。あのときからマーシーはどうしようもないほど彼にひかれていた。彼ほどの男性ならたいていの女性は心ひかれるだろうから、別におかしいことではないし、ただ憧(あこが)れているだけだと自分に言いきかせつづけた。

でもそうでなかったことに気がついてしまった。子どもっぽい憧れなんかではなく、どうしようもなく彼を愛してしまったという事実に。絶対に報われるはずがない愛。彼は体の関係しか求めていない。それを考えると恐ろしかった。

足を引きずるようにして書斎から出ていこうとしたとき、電話が鳴った。マーシーはびくっとして飛びあがった。一瞬動けなかったが、やがて凍りついた表情は笑顔に変わった。

ジェームズからに決まっている。伝言を聞いたかどうか確かめたかったのだろう。弟は慎重で、石橋をたたいて渡る性格だ。姉の留守中に来て時間を無駄にしたくないと思ったに違いない。

いいニュースとはなんだろう。それを聞いたら少しは気分が晴れるかもしれないと思いながら、マーシーは電話を取り、明るく言った。「ジェームズなの？」電話の向こうに重い沈黙が広がり、マーシーは顔をしかめた。

「ジェームズって誰だ?」

ナイフのように鋭いアンドレアの声に、マーシーは硬直した。どう言ったらいいのだろう。

なんの用で電話してきたのかわからないけれど、彼は私が男性からの電話を待っていたと誤解したに違いない。そして、私がロンドンに一人で戻ったのをいいことにほかの男性と遊んでいるのだと思ったかもしれない。だとしたら、このまま私と後腐れのない愛人関係を続けて、飽きたら別れようと言いだすわ。

「返事はどうした?」怒鳴るような声がした。

マーシーは必死に頭を働かせた。余計なことをきいてほしくないという意味をこめ、できる限り冷静に言った。「あなたにお話しする必要はないと思います」次に心配を隠しきれない声で尋ねた。「クラウディアの手術は? うまくいきました?」彼が歯ぎしりする気配が伝わってきた。

「大成功だ」今夜ほど、セクシーな口調にイタリア人特有の訛(なまり)が際立って感じられたことはなかった。その声を聞くといつものことながら、膝から力が抜けていく。マーシーは立っていられなくなって椅子に座った。また彼の声が聞こえてくる。「マーシー、僕と結婚してほしい。ああ……もちろん初めはそのつもりじゃなかった」激しく息を吐く音がし、今度は口調が少し柔らかくなった。「でも状況が状況だから、こんなに急に言うことになった。ロンドンに戻るまで待っていられないから」彼はまたいつもの自信たっぷりの命令口調で続けた。「電話を待っていた男のことは忘れろ。君は僕に結婚を申しこまれているんだ。時間を持て余しているのなら、どんなウエディングドレスにするか考えればいい。君がシルクとサテンのドレスを着たところを見たいな」

誘惑するようにセクシーな声だ。マーシーはおぞましくなるほどの屈辱に襲われて耳まで赤くなり、受話器を膝に置いた。二度と耳に当てる気にはなれなかった。

アンドレアの目的は明らかだ。彼は愛しているからプロポーズしているのではない。本気でもない。

クラウディアは一人息子の結婚を願っていた。家庭を持って子どもを作れば、好ましくない恋人を次々に取りかえるような遊び人の生活から息子が足を洗ってくれるだろうと思っている。

クラウディアは私のことを彼の現在の恋人だと信じ、どういうわけか知らないけれど、私を気に入った。根掘り葉掘り私からききだした家庭環境にも、いちおう満足した。

一方、アンドレアのほうはなんとか母親と和解したいと思っている。まして母親が命にかかわるかもしれない手術を控えていれば、どんなことでもしてあげようという気になっただろう。結婚すると約束することも辞さなかったのだわ。


マーシーは大きく息を吸いこんでもう一度受話器を耳に当てた。罪深いセクシーな声は、今度はハネムーンについて話していた。彼女はパニックに駆られて叫んだ。「やめて！　結婚するなんて私は一言も言っていないわ」

「でも、してくれるだろう？」

あまりにも自信たっぷりな、甘い声だ。官能的な微笑が目に見えるようで、脳裏に思いうかべるだけで体が震えてきた。「しません！」マーシーはそう叫ぶと、電話をたたききった。

12

「私よりもロンドンでの楽しい生活を優先するのね」クラウディアはつんとして言ったが、ありがたいことにアンドレアが恐れていたほど困惑しているようには見えなかった。母は清潔な白いカバーがかかった枕にもたれ、とても居心地よさそうに見える。ベッドサイドにはカードや見舞いの花があふれんばかりに置かれていた。

「二日ほど行くだけだから。その間、ホテルの僕の部屋はマリアに使ってもらうよ。世話は彼女がしてくれるし、話し相手にもなってくれるからね」

クラウディアは美しく整えられた髪をもう一度手で直し、息子の端整な顔を見やった。「ありがとう」

アンドレアは特別なプロジェクトに取り組むとき特有の気難しい顔になり、表情をこわばらせている。「急な用事と言っているけれど、ちっとも顔を見せてくれないあなたのかわいいフィアンセに関係があることかしら?」彼女は尋ねた。

アンドレアはほほえんでみせた。母に、マーシーはこれまで自分が無意識に求めていた女性で、初めて妻にしたいと思った女性だと告白したことを、彼は後悔していなかった。

そのときにはマーシーも同じように愛してくれていると思っていた。少なくとも、時がたてば愛するようにさせられると。反抗的だった息子が結婚を考え、子どもを作る気になったのは、母にとってはすばらしい朗報のはずだった。息子を結婚させるのは無理だろうとあきらめていたのだから。

今さら母を失望させることはできない。まだ完全に体が回復していないのに、マーシーが別の男の電話を嬉々として待っていたなどと、言えるはずもない。しかも、その男が誰かときいてみたが話をそらされてしまった。唯一アンドレアにわかっているのは、その男がジェームズという名だということだけだ。

その上、マーシーにプロポーズを断られ、電話をたたききられたとは絶対に言えない！

「ロンドンに戻ったら、もちろんマーシーに会うよ」母にいらだちを悟られないように、彼はさりげなく言った。手をポケットに突っこんでほほえんではいるものの、マーシーを説得することを考えるとアンドレアの笑顔はこわばった。

クラウディアは小言を言った。「そもそもマーシーをロンドンに帰したのが間違いだったのよ。ここにいてもらいたいと頼めばよかったわ。そうすればときどき顔を見せてもらって、結婚式の打ちあわせだってできたのに。私にはきっと何よりの薬になったと思うわ」

電話でのマーシーの返事が本心なら彼女との結婚などあり得ないが、今それを母に言うことはできなかった。

でも僕はきっと状況を変えてみせる。

これまでだって、そうしたいと思ったことはすべて意のままにしてきたのだから。

そしてマーシーを妻にしたいという気持ちは、これまでに望んだどんな願いよりも強い。

アンドレアは母の手にキスをすると、瞳に決意をみなぎらせ、こわばった表情で病室を出た。

ジェームズからはあれ以来連絡がない。弟がいつ現れるつもりなのか、マーシーにはわからなかった。夜というからには、六時から十時までの間だろうか。

もう八時だ。マーシーはいらいらしながらキッチンのテーブルを見た。パイン材のテーブルの上にはマットが敷かれ、磨きこまれたワイングラスとすでに開けてある赤ワインのボトルが並んでいる。赤ワインを前もって開けておくのはアンドレアから教えられたことだ。

でも今はアンドレアのことも、彼の屈辱的なプロポーズのことも考えたくはなかった。

もしアンドレアが本当に愛してくれているのなら、求婚されて屈辱を感じたりしなかっただろう。それどころか、世界一幸せな気持ちになったはずだ。あの信じられない言葉を聞いたときは、ほんの一瞬だけれど心に翼が生えて天に舞いあがっていくような気がした。けれども常識が戻ると、その高揚感は消えてしまった。

アンドレアに愛されていないことはわかっている。自尊心が高いマーシーは、簡単に幻想に惑わされたりはしなかった。彼は体の関係を求めていた。そして私がたまたまそばにいた、それだけのことだ。最初は拒んだものの、彼を愛していたから、慰めてあげたかったから、一夜をともにしてしまった。私は惜しみなく彼に愛を与えたつもりだったけれど、彼のほうは差しだされたものを受け取ったくらいにしか思っていないのだろう。

アンドレアにしてみれば、私は数多い遊び相手の一人にすぎなかったのだ。新鮮味が失われたら、さよならを言えばいいと思っている。これまでの恋人たちにしてきたように。別れを告げられても彼をあきらめられない女性たちがどう扱われたかを、マーシーは自分の目で見てきた。

そして彼自身の口から、結婚するとしたらそれは後継者を作るためであり、それなりの資産を持つ女性しか考えられないと聞かされてもいる。つまりはおおっぴらに浮気をしても文句を言わない相手と便宜上の結婚をするつもりでいたのだろう。

だがその状況は大きく変わった。アンドレアは母親の具合が悪くなったことに大きなショックを受けた。父親は、彼の生き方も、キャリアも、女性の好みに関しても認めないまま他界した。彼のすべてを拒み、跡を継いでくれなかった息子を拒否したまま。アンドレアはそのことをとても悲しく思っている。

　母親にさえ認めてもらえないまま逝かれてしまうかもしれないという懸念が、アンドレアを不安に陥れたのだろう。それを考えるとマーシーの心は痛んだ。クラウディアの入院前に気持ちを打ち明けたほうがいいと彼にアドバイスしたのはほかならぬマーシーだった。親が望むキャリアに背を向け、親が認めたライフスタイルを拒んだとしても、彼は彼なりの道を選んで成功を収めたことをわかってもらうべきだと勧めたのだ。

　だがそれだけでなく、アンドレアは母をさらに安心させたいと思ったのかもしれない。だから、別荘(ヴィラ)で一緒にいた女性はこれまでのような遊び相手ではなく、結婚を考えている相手だと言ったのだろう。あんなふうに突然プロポーズしてきたのはそのせいだ。

　アンドレアの性格を考えれば、ありえそうなことだ。彼は術策に長(た)けた、それでいて衝動的な男性だ。なんとかして母親を安心させたいという気持ちから、結婚して、一家を構える気になったとつい言ってしまったとしても、不思議はない。

　私がどう思うかなどは二の次なのだ。結婚したら家に閉じこめられ、ぜいたくな暮らしは保証されるだろう。けれど、育児を任されて、夫がどこで何をしているかまったく知らされない生活が待っているに違いない。

　あまりにもみじめで涙がこみあげてきた。マーシーは着ていた古いガウンの袖(そで)で涙を拭(ふ)き、顔をしかめた。

　早く今日が終わってほしいと思うあまり気が急(せ)い

て、マーシーはすでに風呂に入り、ガウンに着替えていた。そうすれば早く朝になるような気がしたのだ。ばかばかしい考えだとは思うけれど、ジェームズは私が何を着ていても気がつかないだろう。いつだって弟は学問のことしか考えていないのだから。

人を操るのが得意で、どうしようもない性格だけれどセクシーなアンドレアのことは頭から追いやった。マーシーはガウンの裾（すそ）を引きずりながらオーブンに近づき、チキンとマッシュルームのキャセロールを点検した。

マーシーと違ってジェームズは長身でやせている。誰かがそばで口うるさく言わなければ食事もろくにとらないだろう、と母がよく言っていた。マーシー自身はまったく食欲がないけれど、せっかく訪ねてきてくれる弟にはちゃんとした食事を食べさせてやりたかった。食事をしながらいいニュースとやらを聞き、ここを出てからしばらく仮住まいするつもりでいる宿の住所を教えよう。

オーブンのふたを閉め背筋を伸ばしたとき、玄関のベルが鳴る音が聞こえた。マーシーはほっとした。

やっとジェームズが来たわ。

ところが予想は外れた。

ドアを開けると、体になじんだデニムの上に紺色のシャツを着たアンドレアが、口元に微笑をたたえて立っていた。濃いまつげに縁取られた銀色の瞳が温かい光をたたえている。

「家の鍵（かぎ）をナポリに忘れてきたんだ」

アンドレアはそう言いながら、驚いたように青ざめた顔をしているマーシーの横をすり抜けて、するりと家の中に入った。マーシーは細いウエストをひもできゅっと締め、ガウンを身にまとっている。魅惑的なふくらみが胸元からこぼれているのを見て、彼の鼓動は激しくなった。美しい、愛するマーシーのそんな姿は、彼の男性本能を刺激せずにはおかなかった。

「構わなければ三十分ほどつきあってもらえないか？　話したいことがあるんだ」マーシーをその場で抱きしめたい気持ちを我慢して、アンドレアは低い声でささやいた。今までのように自分の欲望を優先してはいけない。マーシーを愛してから僕は変わったんだ。

衝動のおもむくままに生きてきたこれまでのアンドレアだったら、このままマーシーを抱きよせてキスで溺れさせていただろう。生まれて初めて、彼は求めるものにすぐさま手を出そうとしなかった。誘惑を武器に激情で彼女を押し流し、プロポーズに応じさせるようなやり方は取りたくない。

マーシーは僕にとって大切な女性だ。そんなことはできない。どうにかして僕を愛してくれるように仕向けたい。彼女の愛を勝ち取り、信頼を得たい。

一方マーシーは、胸が激しく高鳴り、口の中がからからになって、言葉さえ出せなかった。「コーヒーをいれるから、おいで」そう言ってキッチンに向かう彼のあとを、足を引きずるようにしてついていった。

あんなふうに失礼な形でプロポーズを拒んだのに、なぜ彼は急に現れたのだろう。術後のクラウディアが心配で、ナポリでつき添っているはずではなかったの？

マーシーがガウンの両襟をかきあわせてキッチンの入り口で立ちどまり、アンドレアに話しかけようとしたとき、彼は背を向けた姿勢のままこわばった口調で言った。「客を招待しているのか？」

テーブルには二人分の食器とワインの瓶が並び、チキンキャセロールと皮ごとローストしたポテトの香りが漂っている。

「見ればわかるでしょう？」さりげなく言ったつもりだけれどマーシーの声は硬く、沈んでいた。

アンドレアはやっとのことで振り返った。鋭い目でマーシーを見つめつつも、心は嫉妬に切りさかれそうだった。マーシーは確かにバージンだったと思ったが、本当にそうだったのだろうか。何も知らないように見えたけれど、彼女は驚くほど早く僕が教えることを学んだ。ごく当たり前のように。僕が送ってきた生活を思えば、彼女にとやかく言えた義理ではない。しかし、ほかの男を相手にマーシーが僕が教えたことを実践するのを、指をくわえて見ているのはごめんだった。

彼女はどう思っているのか知らないが、マーシーは僕のものだ。

アンドレアはなんとか動揺を抑え、気持ちを落ち着かせて冷静になろうと、こわばる体から力を抜いた。

この愛すべき天使を誤解してはいけない。マーシーが男から男へと渡り歩くはずがない。そんなことがあるものか。初めて会ったときからきちんとした真面目な女性だと思った。短い、すぐに忘れてしまえるようなつきあいをしてきたほかの女性たちとは違い、ひどく新鮮だった。

そうだ、女友だちを呼んでいるに違いない。

アンドレアは一歩マーシーに近づいた。その微笑を見たマーシーは体が震えるのを感じた。

「招待している女友だちに電話をかけて、別の日にしてもらってくれないか。僕からも謝るから。どうしても君に話したいことがあるんだ、僕のかわいいダーリン。二人の将来について」

愛する相手が突然現れただけでも充分に混乱しているのに〝ダーリン〟とか〝二人の将来〟といった言葉を甘くささやかれて、マーシーは頭がくらくらした。ただ目をいっぱいに見開いて、アンドレアを見つめることしかできない。彼はまた、心ないプロポーズを繰り返すつもりなのだろうか。電話だったからノーと言えたけれど、実際に本人を前にして同じことを言うのは難しい。彼は私が心から愛し、求めている男性なのだから。

でも本当に彼はプロポーズをしに来たのだろうか。電話をたたききられて、彼は男性としてのプライドを深く傷つけられたはずだ。マーシーが知る限り、アンドレアはそんな仕打ちを許したり、忘れたりする男性ではない。結婚相手として望ましい男性のプロポーズを無謀にも断ったことを、いつもの彼だったら鋭い口ぶりで非難し、私を打ちのめすはずだ。

それに、母親を喜ばせ、生涯で初めて彼女が認めることをしたいと思うのなら、花嫁になりたがっていた過去の女性たちが、ぱちんと指を鳴らすだけで飛んでくるだろう。

マーシーは喉が締めつけられる思いで、片時も忘れられなかった、愛する男性を見つめた。セクシーな銀色の瞳が、困惑をたたえた彼女の視線を受けとめる。〝なぜ私なの?〟という言葉が口から出せないまま喉の奥に引っかかった。なぜなら急にそのわけがわかった……いや、わかったような気がしたから。

アンドレアのもとを去ったあの勝ち気なトリーシャが、彼が次々に取りかえた恋人たちの典型だとしたら、彼の過去の女性たちはみな洗練された、それなりに手がかかる女性だったに違いない。

私はそれとは正反対だ。母親が気に入るようなことをして喜ばせたいのだとしたら、結婚して孫を作らねばならない。だとしたら私ほど都合のいい女はいないのではないだろうか。家政婦と結婚すれば一生恩に着せられるし、感謝して文句も言わずに仕えてくれるだろう。表に出ることなく裏方の仕事をこなして、彼が外で洗練された美しい女性たちを相手に浮気を繰り返しても何も言わない。そう思っているのだ。

彼の思いどおりにはさせないわ！

「キャンセルするには遅すぎます。ジェームズは今にも来るかもしれないし。どんなお話か知らないけれど、あとにしてください」彼女はそう言った。

「僕のベッドから出たと思ったら、すぐにも別の男と逢引か」アンドレアは大げさな言い方をすると形のいい口元をこわばらせた。怒りのこもった暗い瞳がマーシーに向けられる。「僕とも簡単にベッドをともにしたくらいだから、君が用意しているのは食事だけではないだろう」

目の届かないところで何をしているかわかったものではない、と言いたげな口ぶりだった。彼の激しい気性は我慢できるとしても、嫌悪をあからさまにされるのはつらい。それでもマーシーには耐えるしかなかった。自らこの状況を作りだしたのだから。

「私はあなたの所有物ではありません。いつ誰を呼ぼうと私の勝手です」

アンドレアはハンサムな顔をゆがませた。顔から血の気がうせていく。彼はマーシーの細い喉元がピンクに染まるのを、軽蔑をこめて見つめた。鈍い刃の斧で心を二つに断ちきられるような気持ちだった。彼は傷ついていた。

そう、傷ついていた。マーシーは思っていたよりもずっと利口だった。僕の鼻面を取って引きまわし、真面目な女性だと信じさせていたのだから。無邪気な羊を装っていながら、背を向けたとたんに豹変した。僕はだまされたあげく骨抜きにされて、結婚まで申しこんだ。

最初に拒絶したのは本心ではなかったに違いない。きっと計算ずくで賭に出たのだろう。マーシーは僕の心を読んでいて、断っても僕がもう一度プロポーズしてくると踏んでいた。そうして望むものをまんまと手に入れ、僕を完全に降伏させてから意のままに操るつもりでいたんだ。彼女のためならなんでもする、という気にさせておいて、おもむろにプロポーズに同意しようと考えたわけか。

だがそうはいかなかった。僕が突然現れたのを見て青ざめたのも当然だ。男を招いているのを発見されてしまったんだから。母はまだ入院中だし、まさかこんなに早く僕が戻るとは予想していなかったんだろう。

今さら思いだしても遅いが、そういえば前にも同じことがあった。早く家に帰ってみたら、マーシーの部屋から男の声が聞こえてきて、僕は嫉妬を覚えて彼女をくびにしようと思った。今まで一度だって嫉妬したことがなかったこの僕が。あのときすでに僕は、彼女を好きになっていたのかもしれない。アンドレアはどうしようもない腹立ちを覚えながら、あの時点で彼女を解雇していればこんな思いをしなくてもすんだのに、と考えた。だが僕はその直後にインフルエンザで倒れ、それが別の展開を生んだ……。

アンドレアは鉄のような意志で自分の感情をコントロールし、傷ついた心や失望を顔に出すまいとした。彼はプライドの高い男だった。自分をこれ以上おとしめることはしたくなかった。

最後に、相手を切りさくような鋭い目でマーシーを見すえると、アンドレアはくるりと向きを変えて彼女の前から去っていった。

13

するべきことをしたはずなのに、マーシーはこれまでに経験したことがないくらい落ちこんでいた。

両親が死んだあとのつらく寂しい時期でさえ、こんなにひどい気分ではなかった。あのときは幸せな思い出を呼び戻し、両親に愛された事実を思いだして悲しみをまぎらわせることができた。今度のみじめな思いは、それとはまったく違っていた。

彼が出ていったドアの前にどれほど長い間、彫像のようにたたずんでいただろうか。数分か、数時間か、マーシーにはわからなかった。

だがとにかく、彼女はなんとか自分を取り戻した。それは弟のためでもあった。いつジェームズが来るかわからない。みじめな思いですすり泣いている姉にのっけから顔を合わせるのでは、彼もたまらないだろう。いいニュースがあると言っていたが、それがなんであれ、せっかくの弟のはずんだ気持ちに水を差したくはなかった。

マーシーはテーブルに近づくとワインを少しグラスに注ぎ、いっきに飲んだ。喉につかえているものを酒で洗い流したい気分だった。どうしようもないほど傷ついてはいるが、するべきことをしたのだという気はしている。

アンドレア・パスカーリがからんでくると、自分がどれほど弱くなってしまうかよくわかっている。今度顔を合わせるときは、プロポーズを断った家政婦など鼻にもかけない態度をとるだろうと思っていたのに、アンドレアは物柔らかな態度で、二人の将来を口にした。おそらく彼は、もう一度結婚を申しこもうとしていたのだ。もしそうなっていたら、断るだけの強さは持ちあわせていなかっただろう。

マーシーは堂々巡りをしていろいろ考え、わびしい思いをつのらせていた。そのため、キッチンのドアが開くまでジェームズが来たことに気づかなかった。どうやらアンドレアは私に腹を立て、顔を見るのもいやになって、玄関のドアを開け放したまま出ていったらしい。そのことに初めて気づき、マーシーはますます気が滅入った。

一方ジェームズはなぜかにやにやしている。しかも彼の右の顎にはくっきりと赤い跡がついていた。そして、その背後にはアンドレアがいた。こんがり焼けたクリスマスのターキーを前にした猫のような表情をしている。

マーシーは言葉を失ってテーブルに寄りかかり、倒れそうな体を支えた。なぜアンドレアが？　彼の存在が針のように鋭くマーシーの意識を刺激した。彼を求める思いと切なさ、苦い悲しみに、マーシーは心の中で悲鳴をあげた。

「弟さんが君に話があるようだ」アンドレアは珍しく取り澄ました口調で言った。

「弟と……会ったの？」マーシーは何を言っていいのかわからないまま、そうつぶやいた。見開いた目をやっとアンドレアから引きはがしてジェームズに移動させた。そのとき初めて、弟が見たこともないほどおしゃれをしているのに気がついた。真新しい濃い灰色のズボンとカジュアルな濃い色あいのシャツをまとっている。

「まあね。ぶつかったというか」ジェームズはにやりとして顎を片手でなで、もう一方の手でズボンのポケットから紙切れを取りだした。

「僕のこぶしが彼の顎にぶつかったということさ」アンドレアはラテン系特有の仕草で肩をすくめてみせる。

「そして僕は床にノックアウトされた」ジェームズ

が恨めしげに言った。「ちょうど彼が飛びでてきたときに僕が玄関に着いたんだ。ジェームズかってきかれたからそうだと答えたら、とたんに殴られた」

「今さらだが、それについては謝るよ」

マーシーは救いがたいイタリア人をしかめっ面でにらんで、非難した。「なぜそんなひどいことを?」

彼女は小走りに弟に駆けより、顔をのぞきこんだ。

「大丈夫なの?」

「もちろん平気さ。姉さんの雇主は姉さんのことを守ろうとしたんだ。僕を殴る前に、ジェームズかときいた。僕が姉さんの、不誠実な恋人だと思ったらしいよ」

「まあ、気の毒に」そもそも、熱しやすい衝動的なアンドレアの頭に思わせぶりなことを吹きこんだのは自分なので、マーシーは自責の念に駆られた。爪先立って弟の顎にキスをした。

アンドレアがわざとらしくゆっくりした口調で言った。「マーシー、彼を引きとめるのは酷だよ。デートの約束があるんだって」

「そうだった」ジェームズは細面の顔を赤らめた。「今から二人でディナーに出かけるんだ」彼は髪を手ですいた。「遅れたら大変だ」

「仕事場で知りあった看護師見習いの若い女性で、名前はアニー。九時半にディナーの予約を入れているらしい」アンドレアが滑らかに補足する。

マーシーはわけがわからないまま二人を交互に見てつぶやいた。「よほど話をしたみたいね」

「まあね」アンドレアは少したじろいだように見える。「彼が大丈夫だとわかり、君の弟であることを確かめたあとで、玄関に座ってお互いに打ち明け話をしたんだ。近いうちにちゃんとした親戚同士の紹介の席を設けるが、今のところは……」彼は漆黒の眉を片方持ちあげてジェームズを見ると、促すようにドアを開けた。

「そうだった。急がなきゃ！　姉さん、これを」彼はマーシーの手に紙切れを押しこんだ。「これまで姉さんが僕のために払ってくれたお金に相当する小切手だよ。いつだって自分のことを後まわしにして僕に送金してくれていたのを、心苦しく思っていたんだ。これで借りが返せる」口をぽかんと開けたマーシーに、ジェームズは心急く様子でさらに早口で説明した。「僕が生まれたときにお父さんが宝くじつきの国債を買ってくれたことを覚えている？　なんとそれが当たったんだ。じゃあまた連絡するね。アニーにも紹介するから」彼はマーシーを抱きしめると急いで出ていった。マーシーはそれを見送りながら、ぐったりとテーブルに寄りかかった。手には小切手が握られ、心臓は早鐘を打ったままだ。

「僕を許してくれるかい？」アンドレアが、混乱しているマーシーにささやいた。数分間のうちにいろいろ起こりすぎて、彼女は何をどう理解していいかわからず、ごくりと唾をのんだ。

「ジェームズを殴ったことを？」

アンドレアは近づいてきて椅子を引いた。「座って。倒れそうじゃないか」アンドレアはくしゃくしゃになりかけている小切手をマーシーの手から取りあげ、その金額に目を留めて眉をひそめた。「稼いだ金をほとんど弟さんに仕送りしていたんだね」

マーシーは不思議だった。アンドレアはなぜジェームズを殴ったの？　弟を恋人だと誤解させるような言動をとったのに、なぜ彼は怒っていないの？　頭が混乱している中で、マーシーは彼の言葉の意味を理解しようと努めた。「コマーシャルの出演料を送っただけよ」あなたには関係ないわ、という意味をこめて言ったつもりだった。こんなに近づいてきて私をこれ以上苦しめないでほしい。このお金があれば、もう少しましな宿に行けるかもしれない。

アンドレアは椅子に腰を下ろすと正面からマーシ

ーに向かいあった。二人の膝は触れあうほどの近さだ。輝く銀色の瞳が不安げなマーシーを見つめる。

「弟がいるなんて聞かされていなかった」

「きかれなかったから」膝が触れあっているのを痛いほど意識しつつ、マーシーは自衛本能を必死でかき集めた。「老人や病人の親戚や子どもまでいるかとはきかれたけれど。その質問には返事をしたわ」

「それなのに、恋人を招待していると思いこんだ僕の誤解はそのままにしていたんだね。弟を食事に誘っているとなぜ正直に言わなかった？」

マーシーは決まりが悪かった。もちろん、ほめられた行為ではない。でも、まさにおあつらえ向きの誤解だと思えたことをあえて訂正する必要があっただろうか。攻撃は最大の防御だと言われているのに。

アンドレアが最初、女友だちが来ると思っていたことを無視して、マーシーは答えた。「帰ってきたあなたは私が男性を待っていると決めつけて、非難して出ていったわ。そんなときにあなたに追いすがって、実は弟が来るなんて言えたと思う？」

アンドレアが急ににやりとするのを見て、マーシーは魂が揺さぶられるような気持ちになった。さらに彼はマーシーの震える手を取ると、敬愛をこめた口調で信じられないことを言った。「追いすがったり、めそめそ泣いたりできないのが君のいいところだ。それも含めて、君のすべてを愛している」

マーシーは思わず立ちあがった。頭の中で警鐘が鳴っている。〝愛している〟と言われたような気がするのは幻聴かもしれないが、膝が震え、背骨が溶けてしまいそうで立っていられない。彼が望むならなんでもしてあげたい気持ちになるけれど、でもそんなことをしたら結果は……？

アンドレアもまた立ちあがり、温かな瞳で彼女の青い瞳をのぞきこんだ。魅惑的な口元が優しい。まるでキスをしようとしているときのように。

マーシーはあわててテーブルの反対側に退き、ほほえんでいる彼を無視して両脇でこぶしを固め、頭を高く上げた。中途半端な真実や言い訳はもううんざりだった。ずっと彼を愛していたことを打ち明けようか。でも、笑われたり、同情されたりするに違いない。

「間違っているかもしれないけれど」少しだけ震える声でマーシーは言った。「もしかしたらまた……ばかばかしいプロポーズを繰り返すつもり？」

「そうしたいと思っているよ」満足げな返事を聞いてマーシーの体が熱くなった。「訪ねてくる男が誰かわかったあと、僕は僕なりに結論を出した」彼はさらに、マーシーを当惑させるような、核心をついた言葉を続けた。「二度目にプロポーズされたら今度は断る自信がないから、それで僕を退けるために別の男性の話をでっちあげたんだね」

「それがどうしたの？」図星を指され恥ずかしくなったが、マーシーはなんとか負けまいとした。「私は二度とあなたからのプロポーズを聞きたくなかったのよ」彼女はそう言うとオーブンの中から焼けすぎたキャセロールとポテトを取りだし、音をたててテーブルに置いた。「おなかがすいているのならどうぞ。私は寝ますから。明日の朝出ていきます。仕事は辞めさせていただきます」

「僕が食べたいのは一つだけだ」彼は、驚きながらも何もできずにいるマーシーの後ろに立ち、手を彼女の細いウエストにまわすと、ヒップにかけていとおしげになで下ろした。

マーシーは体を硬くした。やっとの思いで言った。

「やめて」

アンドレアの唇がマーシーの耳たぶの後ろのくぼみに押しあてられた。「なぜ？　二人ともこうするのが好きなのに」温かい息が肌にかかると、マーシーは身を震わせた。彼の手が腹部の方に移動していくにつれて息ができなくなる。思わず体を反らすと、彼が興奮しているのが感じ取れた。

逃げなければ、と思うのに、できなかった。彼は誘惑することにかけては天才だし、マーシーは彼の弱く愚かな虜だった。彼を愛している……求めている。

「ちゃんと聞かせてくれ」彼女を自分の方に向かせ、その顔を両手で挟みこむとアンドレアは言った。「なぜ僕の妻になりたくないのか」

マーシーは足が震えて立っていられず、そのままアンドレアにもたれかかった。彼の妻になる……それ以上の望みがあるはずもない。でも愛されてもいないのに結婚したくはない。彼を求めていることは事実だけれど、妻になるためならどんな犠牲を払ってもいいというわけではなかった。

「話してくれ」アンドレアは肩にもたれかかったマーシーの顔を引き離した。「僕を見て。本当のことを言うんだ」

マーシーは喉につかえた塊をのみこみ、かすれる声で、かねてから疑問だったことを口にした。「お母様の手術の前に、結婚して身を固めるつもりだと話した？」

しゃがれた声で発せられたあいまいな肯定の返事が、マーシーの暗い疑惑を確かなものにした。なんとか自分をコントロールしようとしたが、一粒の涙がマーシーの頬を流れ落ちた。

アンドレアはそれを見てマーシーをぎゅっと抱きしめた。「泣かないで。泣くようなことは何もないんだ、僕の天使」これまでは女性の涙を見るたびに、また何かねだるつもりか、と気をそがれる思いだったが、マーシーの場合には違っていた。アンドレアはどうにかして彼女を慰めてあげたいという、焼けつくような思いに駆られた。

アンドレアは彼らしいすばやい動作でマーシーを

抱えあげ、そのまま寝室に連れていくと、おごそかにベッドに横たえた。

マーシーはどぎまぎし、体が熱くなった。「何をするつもりなの？」

「僕らに共通の基盤を見つけるのさ」彼は自分もベッドに横たわると片肘をついて体を支え、もう一方の腕でマーシーをマットレスに押さえつけた。

愛の行為のことを言っているんだわ。マーシーの胸は恐ろしいまでに高鳴った。確かに二人の相性はとてもよかった。あの夜のことを思いだすたびに、何度彼を思って切ない気持ちになっただろう。でも、すばらしいベッドでの行為が結婚の基盤を築いてくれるわけではない。愛がなければ、結婚は成り立たない。

マーシーは乾いた唇を舌先で湿らせた。そこにキスをされると体が震えだすのを止められなかった。

「どうして求婚を断ったか、教えてくれないか」

マーシーは裏切り者の体によってもたらされた熱い興奮をなんとか制御しようと努めた。いつの間にかガウンの腰ひもは外され、カーリーに説得されて買った美しいシルクの下着が見えている。アンドレアの頬骨のあたりに赤みが差し、唇の端がぴくぴくと動いているのは、目にしたものを彼が気に入っている証拠だった。

マーシーは体が彼の視線に反応し、脈打つ熱い鼓動が全身に広がっていくのと闘った。冷静に、穏やかに彼の問いに答えるのは難しかった。

それでも答えなければならない。今すぐに。誘惑に負けて彼の腕の中で溶けそうになり、これまでに人生で望んだ何よりも彼を求めていると告白して、抱いてほしいと頼む前に。

張りさけそうになっている胸に大きく息を吸いこむと、マーシーは枕（まくら）にもたれて身を起こし、はだけたガウンをかきあわせた。

口の中が乾いて舌がもつれたが、なんとか言葉が出た。「私、いいように使われるのはいやなの」

「説明してくれ」さっきまでの甘い微笑は消え、アンドレアは口元をゆがめている。「君のことはわかっているつもりだから、僕がつかの間の情事に君を誘ってそう言われたのなら理解できる」彼の瞳が暗い色を帯びた。「だが僕はプロポーズしたんだよ」

アンドレアの気分が危険な誘惑のモードから、イタリアの男性特有のプライドが生んだ怒りへと変化するのを見て、マーシーは冷水をかけられたような気持ちだった。喪失感を感じるまいと努めながら言った。「同じことだわ」相手が何かを言う前に急いで続ける。「前に言ったわね。当分結婚する気はない、もしするとしたら後継者を作るためだって。お金のある女性とでなければ一緒になる気はないとも言ったわ。それなのになぜ私と？」

マーシーは、絶対に好きになってはいけないと思っていた相手を好きになった自分に腹を立てていた。そうさせた彼に怒りを覚え、傷ついてもいた。マーシーは体を起こした。

「言ってあげましょうか。ご両親に認めてもらえなかったあなたは、失望させたままお父様が亡くなったことに罪悪感を覚えた。お母様の心臓が悪いと聞いて、せめてお母様には認めてもらいたいと思ったんじゃない？　だから家庭を持つつもりだと話した。違う？　私なら簡単に言いなりになると思ったんでしょう。お金がないことも、ある意味では好都合だった。安上がりな妻になるだろうし、使用人が妻にしてもらったら一生感謝して、どんな扱いをされても浮気をされても耐え、家庭を守って子どもを育てるだろうと思ったのね。自分は外で好みの女性を相手に好きに遊ぶ生活を変えずにすむと思った」

それ以上続けられず、マーシーは唇を震わせた。

これで私に気持ちを見透かされていることが、彼にもわかったはずだわ。今度こそ腹を立てて出ていってしまうだろう。

だがそうはならなかった。

アンドレアは身をかがめてマーシーの唇に軽くキスをした。「愛する人(ミーオ・アモーレ)、そんなに僕を愛してくれているんだね」

マーシーの背筋を震えが走った。

アンドレアは涙を浮かべたマーシーのまぶたにキスをすると、優しくささやいた。「普通の女性なら、そこまでのシナリオを考えついていたら僕のプロポーズに飛びついて、一生ぜいたくに安楽に暮らすことを選ぶはずだ。愛なんて考えないだろう」彼の唇はマーシーの喉に移動し、乱れた脈を捕らえる。「だが君は違う。愛することや、愛されることをどんな物質的なぜいたくよりも大切にする君だからこそ、プロポーズを断ってためらいもなく電話を切ったんだね。それ以上僕と話していたら、説得されてしまうのが怖いと思ったから。便宜上の妻になったら、自分の心が壊れてしまうとわかっていたから」

長い指がガウンの襟にかかり、再びそれを開いた。シルクとレースの下着で飾られた胸元に唇が落ちる。

マーシーはどきどきしながら関節が白く浮きでるまで固くこぶしを握っていた。そうしていなければ、目の前の黒い髪に指を差しいれてしまいそうだった。自分との闘いはとてつもなく苦しかった。秘密を悟られたことで、彼に主導権を握られ、弱みをさらしてしまったのだから。

アンドレアが頭を上げて顔を離すと、マーシーは喪失感に襲われた。銀色に柔らかく光る瞳が、彼女の悲しげな瞳を捕らえる。マーシーはその瞳に溺(おぼ)れてしまえたら、と思った。「僕がさっそくロンドンに戻ったのを見て、君は混乱した。そして男を誘っていると僕に思わせるように仕向けた。僕がどれほど君を大切に思っているか、それを言うチャンスを君はくれなかった」

マーシーの心は痛いほど揺れ動いていた。「あなたは、私が聞きたいと思っていることを言ってくれているだけよ」

「これほど心からの真実の言葉はない。信じてほしい。そうでなかったらどうして、ジェームズという名前に返事をしただけで見知らぬ男を殴り倒したりすると思う？　それほど僕は君の言葉で傷つき、嫉妬に狂っていたんだ。母を喜ばせるためだけの目的で結婚するのだったら、君が何をしたって目をつぶっていただろうし、結婚してくれたら安楽な生活を保証するからと君を説得していたよ」

「あなたが……やきもちを？」マーシーは驚いて言った。でも彼はただ、私がほかの男性を彼以上に好きになったと思い腹を立てただけかもしれない。

「あなたはほかの女の人たちにも同じようなことを言ったのでしょう？　大切に思っていると」彼女はそうつぶやくと目を伏せた。「それでも数週間と続かなかった」

「僕を見てくれ」長い指がマーシーの顎にかかり、顔を上げさせた。「生涯を賭けて誓うよ。これまでに一度も本気で女性を愛したことはないし、女性に愛していると言った経験もない。君が初めてだ。僕は忠実な老犬みたいにずっと君のそばにいて、これから生涯君に仕えると約束する」彼は続けた。「母を喜ばせるために君と結婚するというのは君の思い違いだ。母に君と結婚したいと言ったのは、君もそう思ってくれていると信じていたからだ。人を愛したのは生まれて初めてだったし、その幸せな思いを自分の胸だけに秘めていることができなかった。正直なところ、最初は反対されると思っていた。よりによって家政婦を生涯の相手に選び、子どもの母親にするなんて、と言われると思っていたよ。これでまた母の不興を買うことが一つ増えると。だが母はそれどころか大喜びだった。よほど君が気に入ったらしい」魅力的な口元がほころんだ。「考えてみれば当然だ。まっとうな人間なら、誰でも君を愛さずにはいられない」

マーシーはまばたきし、息をのんだ。彼は私を愛している！　母親の不興を買うのも覚悟の上で私への愛を貫こうとしてくれた。天使の声が聞こえるような気がする。それとも自分の胸の高鳴りがそう聞こえるだけだろうか。ほとんど呆然自失の中で、彼女はアンドレアの首に腕をまわし、その瞳をのぞきこんだ。「いつ？　いつから私を好きになったの？」

「黙って。今はキスしたいんだ」それはこの上なくすばらしいキスだった。彼は巧みに服を脱ぎ、ほとんど同時にマーシーのガウンを脱がせながら、切れ切れにマーシーが聞きたかったことを口にした。

「いつだろう。いつの間にか好きになった。まず、君は初めて僕を退屈させない女性だった。僕は驚いた。君は僕を楽しくさせ、怒らせ、飽きさせなかった。そのうちに君を欲しいという気持ちがどんどん強くなった。そしてすっかり君に夢中になった」彼はいとおしげにマーシーの胸に触れた。「いつもこうして裸で僕のベッドにいてほしい」

「喜んで」マーシーは彼の肩に手を置いて言った。

心をとどろかせずにはおかない、いたずらっぽい微笑がアンドレアの顔に浮かんだ。「君の気持ちはわかっているさ。初めてわかったのは僕が熱を出して寝こみ、君が僕を温めてくれたあの日だ。僕はずっと意識がないふりをしていたけど、実は全部覚えているんだ。自分の振る舞いに君が唖然としているのもわかった。厳しいしつけを受けた牧師の娘は一夜限りの情事を楽しんだりはしないものだろうし。そのときだよ、家政婦を愛人にするのも悪くないと僕が思ったのは。それがこんな形になるとは、そのときには想像もしていなかった」

「それでイタリアに連れていったのね。策略を巡らせて――」

しいっというようにマーシーの唇に指を当てると、彼は告白した。「だがそこで僕は、君と一生過ごしたいと考えるようになった。でも今から思うと、最初に君を好きになったのは、君の部屋から男の声が聞こえてきてどうしようもなく腹が立ったあの夜かもしれない。ほら、君が女友だちを招いてもいいかと言ったときだよ。あれは誰だったんだ？」

アンドレアの瞳に宿る光を見つめ、彼が自分を愛してくれているという思いに恍惚(こうこつ)となりながらも、マーシーはなんとかそのときのことを思いだそうとした。「ああ！」マーシーは笑い、からかうように青い目を輝かせた。「あの人ね……」わざとじらしてはみたが彼を嫉妬に苦しめたくなかったので、すぐにからかうのをあきらめ、ブロンズ色の首筋にキスをして言った。「あれはダレン、友だちのカーリーの婚約者よ。あなたにひかれているのをカーリーに話して相談するつもりだったのに、彼を連れてきたからそれができなくなって、むっとしていたの」

「よかった。ありがたい話だ。これからもずっと僕にひかれていてもらいたいな」彼はふっくらしたマーシーの唇に優しくキスをした。

「ひかれるどころじゃないわ」マーシーはこれほど真剣に何かを口にしたことはなかった。「最後の息が消えるまで、狂ったみたいに夢中だわ、きっと」

「ああ、僕はなんの報いでこんなにかわいい天使を授かったんだろうか」アンドレアは情熱に駆られてキスをすると、身を震わせるマーシーにまた言った。「二度とほかの女性に目はくれないと約束するよ。君という人がいるのに、どうしてそんなことができる？　それから、今後は靴下を脱ぎ散らかしたりしない。真面目(まじめ)ないい旦那(だんな)さんになって、そばにいて君がくつろげるような――」

「やめて！」胸にキスをされる前にマーシーはなんとか言いたいことを口にした。「生真面目な男性なんか、退屈だわ」

彼は一瞬顔を上げ、セクシーな笑顔を向けた。

「それならイタリアを代表したままでいるか」

その後しばらく、二人の間に言葉はいらなかった。

魔法の都ローマ。その街でもいちばん華やかな地区にあるすばらしいレストランのテーブルに、キャンドルが瞬いていた。マーシーの向かいには黒みを帯びた瞳に愛をたたえた、世界一ハンサムな男性が座っている。

「結婚一周年、おめでとう」ウエイターが去ると、アンドレアは小さなケースをテーブルに置いた。

「開けてごらん」

マーシーはすぐには彼から視線を外せないまま、いとおしげにクリーム色の革製のケースをなでた。

とてもとても、彼を愛している。この一年は夢のようだった。アンドレアは少しも変わらない。相変わらず衝動的で、その衝動のおもむくまま、マーシーをあちらこちらの美しい場所に連れていってくれる。今回はローマ近郊の遺跡への旅だった。相変わらずだらしなく家の中を散らかすが、マーシーが靴下を拾って歩いたり家を片づけたりするのを助けるために、新しい家政婦を雇ってくれた。そして相変わらずパスカーリ広告代理店の天才的なクリエイターだけれど、日々の雑務はほかの人に任せ、少しでもマーシーといる時間が取れるよう心を砕いてくれていた。

「さあ、開けて」アンドレアにほほえみかけられると、今もマーシーの魂は揺さぶられる。

「きれい！」

アンドレアは立ちあがってマーシーの背後にまわり、ティアドロップ形のダイヤが下がった金のチェーンの留め金を留めてくれた。彼の指先が首筋に触れるだけで、マーシーの全身に喜びの震えが走る。マーシーは後ろを振り向いて彼にキスをした。

「私からのプレゼントはまだ包装されたままなの。すぐには開けられないけれど、きっと気に入ってもらえると思うわ」

「へえ？」アンドレアは眉を上げた。マーシーにからかわれるのが、アンドレアは好きだった。マーシーのすべてがいとおしい。「三つ答えを言って当たるか試してみようか？」

待ち望んでいた検査の結果をマーシーが知ったのは、旅に出る直前だった。彼はきっと喜ぶはずだ。子どもができたら田舎に移り、広い庭と厩（うまや）のある家に住もうというのが前々からの二人の計画だった。

アンドレアは片手を椅子の背にかけてもたれかかっている。もう少しからかっていようという気持ちはそんな彼を見ているうちに吹きとんでしまった。

「七カ月後には三人家族になるわ」

一瞬の沈黙ののち、アンドレアが顔を輝かせた。

「マイ・エンジェル……愛しているよ」瞳に優しい愛情をたたえて、彼はマーシーの手を取ると指先にキスをした。「我慢できないほどおなかがすいているかい？　そうでなかったらホテルに帰ってルームサービスを頼もうよ」

「ええ、そうしたいわ」

君を放したくないと言いたげに、アンドレアはまだマーシーの手を握っていた。二人は周囲にいるウエイターたちがほほえんでいるのにも気づかず、立ちあがった。アンドレアはマーシーの細いウエストに手をまわしてささやいた。「君がくれるつもりでいる最高のプレゼントの包装を、どうしても今ほどいてみたくなったんでね」

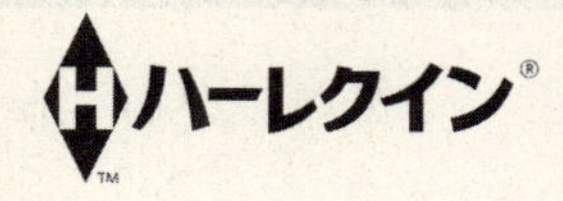

ハーレクイン・ロマンス　2006年12月刊（R-2155）

蝶になるとき
2020年9月20日発行

著　　者	ダイアナ・ハミルトン
訳　　者	高木晶子（たかぎ　あきこ）
発 行 人	鈴木幸辰
発 行 所	株式会社ハーパーコリンズ・ジャパン 東京都千代田区大手町 1-5-1 電話 03-6269-2883（営業） 0570-008091（読者サービス係）
印刷・製本	大日本印刷株式会社 東京都新宿区市谷加賀町 1-1-1
装 丁 者	眞田拓子
表紙写真	© Yuliia Riasna, Vitalii Shcherbyna, Siriporn Kaenseeya | Dreamstime.com

この書籍の本文は環境対応型の植物油インクを使用して印刷しています。

ISBN978-4-596-55486-4 C0297

ハーレクイン・シリーズ 9月20日刊 発売中

ハーレクイン・ロマンス
愛の激しさを知る

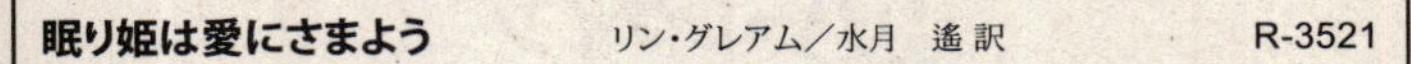

眠り姫は愛にさまよう	リン・グレアム／水月　遙 訳	R-3521
無垢の乙女と手負いの獣	ピッパ・ロスコー／瀬野莉子 訳	R-3522
醜いあひるの初恋 《純潔のシンデレラ》	キャシー・ウィリアムズ／外山恵理 訳	R-3523
氷のようなシャナ 《伝説の名作選》	キャロル・モーティマー／みずきみずこ 訳	R-3524

ハーレクイン・イマージュ
ピュアな思いに満たされる

愛のかけらを拾って	エリー・ダーキンズ／大田朋子 訳	I-2627
ポルトガルの花嫁 《至福の名作選》	キャサリン・ジョージ／千里　悠 訳	I-2628

ハーレクイン・マスターピース
世界に愛された作家たち
～永久不滅の銘作コレクション～

コテージに咲いたばら 《ベティ・ニールズ・コレクション》	ベティ・ニールズ／寺田ちせ 訳	MP-6

ハーレクイン・プレゼンツ作家シリーズ別冊
魅惑のテーマが光る
極上セレクション

蝶になるとき	ダイアナ・ハミルトン／高木晶子 訳	PB-286

ハーレクイン・スペシャル・アンソロジー
小さな愛のドラマを花束にして…

愛の絆、秘密の絆 《スター作家傑作選》	エマ・ダーシー 他／霜月　桂 他 訳	HPA-14

文庫サイズ作品のご案内

◆ハーレクイン文庫・・・・・・・・・・・・・・毎月1日刊行
◆ハーレクインSP文庫(お手ごろ文庫)・・・毎月15日刊行
◆mirabooks・・・・・・・・・・・・・・・・・毎月15日刊行

※文庫コーナーでお求めください。

9月25日発売 ハーレクイン・シリーズ 10月5日刊

ハーレクイン・ロマンス
愛の激しさを知る

富豪に拾われたお針子	シャロン・ケンドリック／東　みなみ 訳	R-3525
かりそめの妻の片思い	マヤ・ブレイク／藤村華奈美 訳	R-3526
白き薔薇は蕾のまま《純潔のシンデレラ》	ルイーズ・フラー／八坂よしみ 訳	R-3527
黒のウエディング《伝説の名作選》	マーガレット・ローム／江口美子 訳	R-3528

ハーレクイン・イマージュ
ピュアな思いに満たされる

五番街のシンデレラ	アンドレア・ボールター／長田乃莉子 訳	I-2629
シチリアに置き忘れた初恋	ケイト・ヒューイット／すなみ　翔 訳	I-2630

ハーレクイン・マスターピース
世界に愛された作家たち
～永久不滅の銘作コレクション～

恋人のふりをして《特選ペニー・ジョーダン》	ペニー・ジョーダン／原　淳子 訳	MP-7

ハーレクイン・ヒストリカル・スペシャル
華やかなりし時代へ誘う

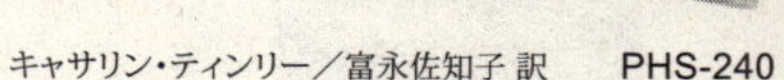

伯爵と日陰のシンデレラ	キャサリン・ティンリー／富永佐知子 訳	PHS-240
永久なる誓い	マーガレット・ムーア／石川園枝 訳	PHS-241

ハーレクイン・プレゼンツ作家シリーズ別冊
魅惑のテーマが光る
極上セレクション

情熱のとりこ	ミシェル・リード／細郷妙子 訳	PB-287

※予告なく発売日・刊行タイトルが変更になる場合がございます。ご了承ください。